CW00729326

COLLECTION
FOLIO BILINGUE

Ruth Rendell

The Strawberry Tree
L'Arbousier

*Traduit de l'anglais
par Martine Leroy-Battistelli,
Traduction révisée*

Préface de François Rivière

Denoël

L'Arbousier a paru initialement dans le recueil *Heures fatales*
(Folio nº 2608) avec un texte d'Helen Simpson

ÉROS FUNÈBRE

À la mémoire de Don Rendell

L'œuvre de la romancière anglaise Ruth Rendell peut à juste titre être considérée comme un réseau de hantises. À la lecture de la quarantaine de livres parus sous son nom ou celui de son double Barbara Vine, et que les rigueurs éditoriales nous obligent à qualifier tantôt d'énigmes et tantôt de suspense psychologique, l'impression qui domine est celle d'assister à la mise en place du plus terrifiant puzzle jamais conçu par un écrivain. Un puzzle macabre, composé de figures humaines dessinées de la manière la plus réaliste, la moins complaisante, offrant à notre regard une fresque de la misère humaine d'aujourd'hui. Le fait que cet écrivain compulsif ait choisi pour exprimer sa vision des êtres et des choses les noirs territoires de l'activité criminelle n'a, du reste, rien d'étonnant. Il est aisé de rapprocher son œuvre de celle de sa consœur américaine Patricia Highsmith, longtemps appliquée à sonder les profondeurs atroces de la psyché de ses semblables. Mais un effort plus conséquent permet d'associer le travail de Mrs Rendell à celui d'un certain nombre d'auteurs victoriens auxquels, force est de le constater, elle ressemble étrangement — et auxquels, palliant la cécité de la cri-

tique, elle a souvent jugé bon de se comparer. À n'en pas douter, elle s'affirme bel et bien aujourd'hui comme la talentueuse «petite-fille» de Wilkie Collins — l'auteur de La Femme en blanc *—, qu'elle a très justement qualifié de «romancier de l'obsession».*

Ruth Rendell est la fille unique d'Arthur et Ebba Elise Grasemann, un couple d'enseignants modestes établis à Woodford dans la grande banlieue de Londres où elle naît le 17 février 1930. Le père de Ruth a connu des débuts difficiles à Plymouth où il a été docker avant de pouvoir fréquenter l'université. Quant à la mère du futur écrivain, née en Suède, puis élevée au Danemark, elle souffre de sclérose en plaques. «Dans mon souvenir — écrira Ruth — elle demeure comme une femme étrange, vague, indéchiffrable, sûrement incomprise. Je pense que c'est pour cette raison que, dès mon plus jeune âge, je fus habitée par un sentiment aigu de morbidité.» Arthur Grasemann va initier sa fille à la littérature. À huit ans, elle découvre ainsi les romans de Thomas Hardy. Plus tard, elle sera envoûtée par la prose de Somerset Maugham et de Ford Maddox Ford dont Le Bon Soldat *restera pour toujours à ses yeux le chef-d'œuvre du roman psychologique anglais.*

En 1939, les premiers raids aériens allemands sont à l'origine du départ de Ruth — comme d'innombrables petits banlieusards — pour la campagne. C'est à Midhurst, dans le Sussex, qu'elle découvre une autre forme de vie, plus mystérieuse, et s'invente des histoires où se mêlent les gens qu'elle rencontre et les héros des romans qu'elle dévore déjà... Son goût de l'insolite l'amène, adolescente, à se laisser ensorceler par les contes fantastiques de Montague-Rhode James, un doyen d'Oxford entiché de fantômes, sur lequel elle écrira plus tard de très belles pages.

À dix-huit ans, ses études secondaires achevées, elle débute dans le journalisme, pressée de gagner sa vie. Elle sera successivement reporter pour deux magazines de l'Essex, puis fondera un éphémère journal, le Chigwell Times. *Mais le journalisme l'ennuie et elle aspire à écrire de la fiction. Vers cette époque, Ruth fait la connaissance de Donald Rendell, lui-même journaliste au* Daily Mail *et l'épouse en 1950. Simon, l'unique enfant du couple, naîtra peu après. La jeune femme consacre alors ses rares moments de liberté à écrire des nouvelles, soumises à de nombreux magazines qui les refusent obstinément. Mais Ruth n'est pas de nature à se décourager. Bien au contraire, elle s'enhardit et passe à la rédaction d'un premier roman, son «grand roman juif», comme elle le dira, car, bien qu'elle ne soit pas juive, elle se sent personnellement concernée par le Génocide. Elle passe ensuite à une «comédie de mœurs», puis à une fresque historique. Elle écrira ainsi une demi-douzaine de romans dont aucun ne sera susceptible d'intéresser un éditeur londonien! Comme elle le remarquera plus tard avec humour, «j'avais déjà écrit autant de livres que certains auteurs durant toute leur carrière». Son mari lui suggère de faire lire à un de leurs amis un petit roman policier qu'elle a composé dans le seul but de «s'exercer à autre chose». Le manuscrit, sur les conseils de l'ami en question, est proposé à Harold Harris, directeur littéraire de la firme Hutchinson, qui accepte de le publier moyennant quelques retouches :* Un amour importun *paraît en 1964. C'est un récit de «procédure policière» dans l'esprit des œuvres d'Hillary Waugh que Ruth apprécie particulièrement. Son* héros, l'inspecteur de police Reginald Wexford, authentique épigone de Maigret, évolue dans le décor de Kingsmarkham, une petite cité imprégnée du souvenir de Midhurst. Wexford est amateur de littérature et cite à tout bout de champ ses auteurs favoris. Mais, surtout, comme l'auteur de ses jours, il se passionne pour les secrets de famille, la psychologie des criminels. Rendell ne fait en vérité que s'inscrire dans la nouvelle mouvance du roman policier anglais.

Deux ans plus tôt, P. D. James a publié avec succès son premier livre, À visage couvert, prenant résolument le contre-pied d'un genre largement soumis aux convenances sociales les plus réactionnaires. Le règne d'Agatha Christie est sur le point de s'achever, dans une Angleterre travailliste qui, bien que paisible en apparence, commence à se fissurer. C'est au travers de romans débarrassés du rôle — déjà pesant à ses yeux — d'un détective que Ruth entend poursuivre une carrière d'auteur policier, déjà considérée avec intérêt par la critique spécialisée. Son second livre publié, La Danse de Salomé, dévoile un goût certain pour les destins fracassés sous le double impact du système de classes et des effets pervers du mariage. Son propre couple est lui-même, d'ailleurs, sur le point de se désagréger. Désireuse de se consacrer pleinement à son travail d'écrivain, Ruth ne supporte plus aucune contrainte. La marginalité qu'elle décrit si bien chez les personnages surgis sous sa plume — femmes au foyer désenchantées, maris jaloux, mères acariâtres — est celle, aussi, de l'artiste exigeante qu'elle est devenue.

Une brève correspondance avec Patricia Highsmith la confirme dans l'idée qu'elle doit s'affranchir des règles du genre policier, mais elle ne peut s'y résoudre *vraiment. Alors, son œuvre se divise. Tandis que l'inspecteur Wexford poursuit son travail d'investigateur en échappant à la mécanique trop souvent imposée par le genre, la romancière s'épanouit dans* Morts croisées *(1971). Ce roman est typique de la manière qu'elle entend mettre en œuvre à présent, en privilégiant l'étude de mœurs. Ce drame implacable, ayant pour cadre la banlieue de Londres, met en scène un trio dont le comportement mêle adroitement névrose et humour noir. Il y a quelque chose d'hitchcockien dans le tableau de ces êtres ravagés par l'idée d'une catastrophe imminente — un thème éminemment rendellien. Peu à peu se concrétise la véritable aspiration esthétique de l'écrivain jusque-là modestement replié derrière les dispositifs du récit criminel. S'il n'est pas dans son intention de se débarrasser de ceux-ci, comme tant d'autres le feront au cours des années à venir, elle s'efforce plutôt de se les approprier avec intelligence et subtilité.* Le Jeune Homme et la mort, *en 1974, témoigne bien de sa stratégie. On y voit pour la première fois vivre un écrivain, jeune, pauvre, profondément désaxé, mais plus encore — ou pour ces raisons mêmes — en proie au tourment de l'amour fou. Graham Lanceton, isolé dans une cabane au cœur de la forêt d'Epping (un lieu proche du faubourg natal de Ruth), offre l'image en creux de celle qui écrit son histoire et dont il partage le même goût pour la littérature du XIXe siècle. Pour lui, comme pour elle, les livres sont, ainsi que l'écrivait Wordsworth, le miroir des «forts instincts devant lesquels notre mortelle nature tremble, comme prise en faute».*

Vers cette époque, Ruth et Don Rendell divorcent. La romancière ne daignera jamais s'épancher sur les années qui vont suivre et au cours desquelles nous savons seu-

lement qu'elle vivra «un peu partout dans Londres», une vie d'errance créatrice et de métamorphoses nouvelles. Le ton de ses livres devient plus âpre, sa recherche d'intrigues originales encore plus intense. Pour les besoins de la série Wexford, elle crée, de manière très convaincante, un quartier imaginaire de la ville qui l'obsède par-dessus tout et où — à l'exception de Kingsmarkham — se déroulent tous ses livres. Kenbourne Vale sera le séjour de personnages de plus en plus sinistrés, socialement et mentalement, notamment le héros de L'Enveloppe mauve (1976), qu'elle imagine alors qu'elle partage un appartement avec son cousin Michael Richards — qu'elle aime, dira-t-elle, comme un frère — dans un immeuble d'Hampstead. C'est là aussi qu'elle écrit L'Analphabète, en 1977, sans doute son livre le plus intense, le plus déroutant et le plus ambitieux à ce stade de sa carrière. Elle y met en scène Eunice Parchman, une jeune femme marquée par ses origines misérables et un handicap qui fait d'elle une outsider et une criminelle. Fable macabre, réquisitoire implacable sur l'inégalité des êtres devant la culture, ce mince rempart de la civilisation face à la barbarie.

Ruth Rendell épouse à nouveau Don en 1977 et se partage désormais entre Londres et un cottage du Sussex. Du coup, dans Étrange créature, Wexford lui-même s'égare dans le labyrinthe de Kenbourne Vale. L'écrivain renoue avec l'art de la nouvelle, qu'elle maîtrise parfaitement et qui lui permet d'épuiser rapidement les innombrables «idées d'histoires» qui s'amoncellent dans son imaginaire. En 1981, la critique commence à envisager le parcours de Rendell avec un véritable intérêt. Dans l'échelle des valeurs du moment, elle se situe directement après P. D. James, qui produit peu mais

12

que sa grande connaissance de la médecine légale a rendue populaire. *Ruth*, en vingt-deux romans, a cependant réussi à imposer son approche très personnelle de la psyché criminelle. Encouragée par plusieurs distinctions décernées en Angleterre et aux États-Unis — notamment un *Edgar Award* des *Mystery Writers of America* —, elle décide d'approfondir encore sa démarche. Elle écrit Véra va mourir, *récit truffé de flash-back « à la Wilkie Collins » des tragiques méfaits d'une des dernières Anglaises à avoir été pendues. Ce roman est publié en 1984 sous le pseudonyme de Barbara Vine — le second prénom de l'auteur et le nom d'une de ses aïeules. Dixit Rendell, « c'est la première fois que je situe un roman dans le passé, cinquante ans en arrière ». L'écriture en est plus travaillée, mieux appliquée à brosser des portraits contrastés. Ce qui n'empêchera pas les Wexford, comme les romans de suspense signés Ruth Rendell, de bénéficier désormais d'une sophistication du ton dont les critiques feront parfois grief à la romancière. Celle-ci en viendra par la suite à négliger le ressort policier au profit d'études psychologiques savantes, à s'éloigner parfois un peu trop de la mécanique hitchcockienne... Mais son œuvre va y gagner en véracité. Ainsi, dans* L'Été de Trapellune *ou dans* L'Homme à la tortue *(porté à l'écran par Pedro Almodovar). Sa passion pour le fantastique surgit en 1986 dans une longue nouvelle,* Douces morts violentes, *où elle évoque le destin de deux sœurs dans une ambiance digne d'Edgar Poe. Rendell s'attache de plus en plus souvent à peindre l'amour impossible — ici, le démentiel attachement de deux filles pour leur père. Avec un brio peu commun, elle parvient à rendre crédibles des situations basées sur l'inégalité de destins*

13

qui transforment un amour ordinaire en passion difficile, contrariée puis criminelle. Soumis à leur fantaisie, les êtres qu'elle parvient, en dépit de leurs déviances, à nous rendre attachants se changent en monstres pathétiques. L'un des talents de Rendell est donc de faire d'une situation de fait divers tragique, comme on en lit chaque jour dans les journaux, le support d'une démonstration très romanesque confinant au conte de fées moderne. Mais sans jamais céder à une quelconque considération d'ordre moral. Pour elle, à l'évidence, la morale a depuis longtemps déserté un champ d'action quadrillé par les disciples de Freud qu'elle semble vouloir tenir à distance. En d'autres termes, sa fiction s'attache avant toutes choses à nous peindre le monde dans son horreur, inéluctable puisqu'elle procède essentiellement de la sexualité d'abord innocente puis contrariée des créatures d'un Dieu… inhumain.

1990 est une année importante dans l'œuvre de Rendell. Elle publie simultanément Ravissement — récit de chevalerie criminelle impliquant deux kidnappeurs et une jeune femme trop riche et trop aimée —, Fausse route — l'histoire désenchantée d'une fille qui refuse l'amour fou de son ami d'enfance — et L'Arbousier. Ce dernier texte est une novella, ou court roman dont l'architecture même évoque résolument le modèle victorien. Petra, la narratrice, dépositaire du secret de l'histoire qu'elle dévide à la façon d'une Schéhérazade sourcilleuse, apparaît rapidement aux yeux du lecteur assidu de Ruth Rendell comme le protagoniste type de sa fiction. Elle est un peu la sœur de Faith, la nièce de Véra Hillyard (Véra va mourir), mais plus encore peut-être celle d'Elizabeth Vetch — patronyme choisi en hommage au Henry James des Ailes de la colombe —

14

dans La Maison aux escaliers *(1988), le troisième Barbara Vine et le livre peut-être le plus proche de la vraie nature de l'écrivain. Elizabeth Vetch retraçait avec un luxe foisonnant de détails son éveil à la marginalité dans une maison de Notting Hill dans les années cinquante, aux côtés d'une mystérieuse femme, à l'évidence homosexuelle. Cet initiatique récit avait, entre autres attraits, celui de confronter le lecteur à un concept puissant, le plus puissant, semble-t-il, de l'œuvre de Rendell : celui de la nostalgie impuissante. Impuissance à vivre un amour non partagé, impuissance à échapper à la malédiction du monde. Petra, dans* L'Arbousier, *évoque l'été de son adolescence au cours duquel un événement terrible, pour elle et sa famille, a eu lieu, entraînant la perte du bonheur. Le récit de Petra fait songer à ceux, entrecroisés, des jeunes héros de* L'Été de Trapellune, *que reliait l'accomplissement d'un horrible forfait. Mais cette fois, la fable cruelle se nimbe d'un sentiment totalement intériorisé, très jamesien, mis au service du mystère lentement dévoilé. L'impuissance, évoquée dès le début de la* novella, *est celle de la frigidité. La nostalgie apparaît bien vite comme le corollaire de l'événement rapporté. Quant au sentiment qui nappe avec un séduisant effet le beau suspense de l'histoire, il est celui qui restera pour nous associé à la chute vertigineuse de* L'Arbousier.

Au cours des années quatre-vingt-dix, l'œuvre ambitieuse de Ruth Rendell s'est encore enrichie de nombreux romans et d'une floraison de nouvelles. Son travail solitaire, abondant, n'a pas manqué de susciter l'irritation des critiques anglais qui semblent voir dans l'intérêt qu'elle ne cesse de porter aux personnages psychotiques une sorte de filon. Reproche injustifié si l'on considère l'ensemble de la démarche littéraire avec le nécessaire recul : Rendell, dans sa démarche créatrice, n'obéit-elle pas, elle aussi, à la loi que subissent ses personnages, sans cesse activée par la nostalgie d'une conception pédagogique de la fiction victorienne, sans cesse appliquée à évoquer les tares de la société pour mieux aider à réformer celle-ci ? Mais également, et de façon très émouvante parfois, n'est-elle pas sujette — pour notre plus grand bonheur — à la malédiction de n'interférer, comme romancière, qu'avec la part la plus excentrique de la nature humaine ? De cette impuissance à se conformer au rôle débonnaire de récitant d'une humanité quotidienne est née la puissance de Rendell. Et de cette vision esthétique de nos marges est apparue la légitimité de celle qui, aujourd'hui anoblie par la Couronne d'Angleterre, siège au titre de Pair à vie à la Chambre des Communes, où — avec une assiduité qui fait l'admiration de sa consœur P. D. James — elle s'occupe activement du sort des plus déshérités sujets de Sa Majesté. Une belle revanche pour la petite banlieusarde de Woodford traumatisée par une mère malade et qui ne l'aimait pas.

François Rivière

The Strawberry Tree
L'Arbousier

1

The hotel where we are staying was built by my father. Everyone assures me it is the best in Llosar and it is certainly the biggest and ugliest. From a distance it looks as if made of white cartridge paper or from hundreds of envelopes with their flaps open. Inside it is luxurious in the accepted way with sheets of bronze-coloured mirrors and tiles of copper-coloured marble and in the foyer, in stone vessels of vaguely Roman appearance, stands an army of hibiscus with trumpet flowers the red of soldiers' coats.

There is a pool and a room full of machines for exercise, three restaurants and two bars. A machine polishes your shoes and another makes ice. In the old days we used to watch the young men drink *palo* out of long thin bow-shaped vessels from which the liquor spouted in a curving stream. Now the hotel barman makes cocktails called *Mañanas* that are said to be famous.

1

C'est mon père qui a construit l'hôtel où nous séjournons. Il passe pour être le meilleur de Llosar, et c'est en tout cas le plus grand et le plus laid. De loin, il donne l'impression d'être construit en carton* blanc ou avec des centaines d'enveloppes au rabat ouvert. L'intérieur, tout tapissé de glaces fumées et pavé de dalles de marbre cuivré, offre un luxe traditionnel et, dans le hall, plantés dans des vasques de pierre d'aspect vaguement romain, se dressent des régiments d'hibiscus aux fleurs en trompette, rouges comme des tuniques de soldats.

Il y a une piscine, une salle de gymnastique superbement équipée, trois restaurants et deux bars. Une machine pour cirer les chaussures et une autre qui fabrique des glaçons. Dans le temps, on voyait les jeunes gens boire du *palo* dans de minces et longues carafes au bec incurvé. Aujourd'hui, le barman de l'hôtel prépare des *Mañanas*, cocktails qu'on dit très appréciés.

---

* Littéralement, papier à cartouches, papier fort.

We tried them yesterday, sitting on the terrace at the back of the hotel. From there, if you are not gazing at the swimming pool as most people do, you can rest your eyes, in both senses, on the garden. There the arbutus has been planted and flourishes, its white flowers blooming and strawberry fruits ripening at the same time, something I have heard about but never seen before, for it is October and I was last here all those years ago in summer.

We have rooms with envelope balconies and a view of the bay. There are no fishing boats any more, the pier of the old hotel with its vine canopy is gone and the old hotel itself has become a casino. But the harbour is still there with the statue of the Virgin, *Nuestra Doña de los Marineros*, where, swimming in the deep green water, Piers and Rosario and I first saw Will sitting on the sturdy stone wall.

All along the "front", as I suppose I must call it, are hotels and restaurants, souvenir shops and tourist agencies, cafés and drinking places, where once stood a string of cottages. The church with its brown campanile and shallow pantiled roof that used to dominate this shore has been almost lost among the new buildings, dwarfed by the gigantic Thomson Holiday hotel.

Nous y avons goûté hier, sur la terrasse située à l'arrière de l'hôtel. De là, à condition de ne pas contempler bêtement la piscine, comme le font la plupart des clients, on peut reposer son regard, dans tous les sens du terme, en admirant le jardin. L'arbousier qu'on y a planté a prospéré. Ses fleurs blanches s'épanouissent en même temps que les fruits arrivent à maturité, un phénomène dont j'avais entendu parler mais que je n'avais encore jamais constaté par moi-même puisque nous sommes en octobre alors que, la dernière fois que je suis venue ici, il y a bien des années, c'était l'été.

Nos chambres ont une véranda qui donne sur la mer. Il n'y a plus de bateaux de pêche ; le ponton de l'ancien hôtel, avec sa treille, a disparu, et la vieille bâtisse a été transformée en casino. Mais le port, gardé par la statue de la Vierge, *Nuestra Doña de los Marineros*, est toujours là ; c'est à cet endroit, sur le parapet de pierre trapu, que Will était assis, le jour où Piers, Rosario et moi l'avons vu pour la première fois alors que nous nagions dans les eaux profondes et vertes.

Le long du «front de mer», ainsi qu'il faut probablement l'appeler, là où s'élevait jadis une rangée de maisonnettes, on voit aujourd'hui des hôtels, des restaurants, des boutiques de souvenirs, des agences de voyage, des cafés et des buvettes. L'église au toit de tuile peu incliné, dont le campanile bistre dominait la baie, disparaît presque parmi les nouvelles constructions et semble minuscule à côté du gigantesque hôtel Thomson Holiday.

I asked the chambermaid if they had had jellyfish at Llosar lately but she only shook her head and muttered about *contaminación*.

The house we were lent by José-Carlos and Micaela is still there but much "improved" and extended, painted sugar-pink and surrounded by a fence of the most elaborate wrought ironwork I have ever seen, iron lace for a giant's tablecloth around a giant's child's iced cake. I would be surprised if Rosario recognised it. Inland, things are much the same, as far as I can tell. Up to now I have not ventured there, even though we have a most efficient rented car. I climb up a little way out of the village and stare at the yellow hills, at the olive trees and junipers, and the straight wide roads which now make seams across them, but I cannot see the little haunted house, the *Casita de Golondro*. It was never possible to see it from here. A fold in the hills, crowned with woods of pine and carob, hides it. The manager of our hotel told me this morning it is now a *parador*, the first on Majorca.

When I have performed the task I came here to do I shall go and have a look at it. These state-run hotels, of which there are many on the mainland, are said to be very comfortable. We might have dinner there one evening. I shall propose it to the others. But as for removing from here to there, if any of them suggest it, I shall make up my mind to turn it down.

J'ai demandé à la femme de chambre s'il y avait eu des méduses, ces derniers temps, mais elle s'est contentée de secouer la tête en marmonnant quelque chose à propos de la *contaminación*.

La maison que nous avaient prêtée José-Carlos et Micaela existe toujours, mais on l'a «embellie» : agrandie, repeinte en rose bonbon, elle est ceinte d'une clôture en fer forgé d'un travail tel que je n'en ai jamais vu, véritable dentelle de métal faisant office de nappe géante autour d'un gâteau d'anniversaire pour enfant de géant. Je serais étonnée que Rosario la reconnaisse. Dans l'arrière-pays, presque rien n'a changé, à première vue. Pour le moment, je ne m'y suis pas encore aventurée, bien que nous ayons loué une bonne voiture. Je suis montée sur les hauteurs du village pour regarder les collines jaunes, les oliviers, les genévriers et les grandes routes droites qui désormais quadrillent le paysage, mais je n'ai pas vu la petite maison hantée, la *Casita de Golondro*. D'ailleurs elle n'a jamais été visible de là. Un repli des collines, couronné de pins et de caroubiers, la dissimule. Ce matin, le directeur de l'hôtel m'a appris qu'on l'avait transformée en *parador*, le premier qu'on ait ouvert à Majorque.

Quand j'en aurai terminé avec l'affaire qui m'amène ici, j'irai y faire un tour. Ces hôtels d'État, nombreux sur le continent, sont réputés pour leur confort. Nous pourrions même y aller un soir pour dîner. Je vais le proposer aux autres. Mais quant à déménager pour nous installer là-bas, si jamais l'un d'entre eux en a l'idée, je saurai bien refuser.

For one thing, if I were staying there I should sooner or later have to rediscover *that* room or deliberately avoid it. The truth is I no longer want an explanation. I want to be quiet, I want, if this does not sound too ludicrous, to be happy.

My appointment in Muralla is for then o'clock tomorrow morning with an officer of the *Guardia Civil* whose rank, I think, would correspond to our detective superintendent. He will conduct me to see what is to be seen and I shall look at the things and try to remember and give him my answer. I haven't yet made up my mind whether to let the others come with me, nor am I sure they would want to come. Probably it will be best if I do this, as I have done so much in the past, alone.

Pour l'unique raison que, si je séjourne là-bas, tôt ou tard il me faudra soit découvrir à nouveau *cette* pièce, soit l'éviter délibérément. Et, à la vérité, je n'ai plus envie de trouver une explication. J'aspire à la paix, j'aspire, même si cela paraît grotesque, au bonheur.

Demain matin, à dix heures, j'ai rendez-vous à Muralla avec un officier de la *Guardia Civil* dont le grade doit être l'équivalent d'un commissaire de police pour nous. Il m'emmènera voir ce qu'il y a à voir, j'examinerai consciencieusement le tout, je rassemblerai mes souvenirs de mon mieux, puis je lui donnerai ma réponse. Je ne sais pas encore si j'autoriserai les autres à m'accompagner et, d'ailleurs, je ne suis pas sûre qu'ils le souhaitent. Sans doute sera-t-il préférable que je règle cette affaire, comme je l'ai presque toujours fait, toute seule.

2

Nearly forty years have passed since first we went to Majorca, Piers and I and our parents, to the house our spanish cousin lent us because my mother had been ill. Her illness was depression and a general feeling of lowness and lethargy, but the case of it was a lost child, a miscarriage. Even then, before there was real need, my parents were trying to have more children, had been trying to have more, although I was unaware of this, since soon after my own birth thirteen years before. It was as if they knew, by some sad superstitious prevision, that they would not always have their pigeon pair.

I remember the letter to my father from José-Carlos. They had fought side by side in the Spanish Civil War and been fast friends and sporadic correspondents ever since,

Presque quarante ans se sont écoulés depuis la première fois que nous sommes venus à Majorque, Piers, moi et nos parents, dans la maison qu'un cousin espagnol nous avait prêtée pour la convalescence de ma mère. Celle-ci sortait d'une dépression, d'un état général d'abattement et de léthargie dont la cause provenait de la perte d'un enfant, au cours d'une fausse couche. Déjà à cette époque, avant que le besoin ne s'en fît réellement sentir, mes parents essayaient d'avoir d'autres enfants et leurs tentatives dans ce domaine, même si je ne l'avais pas su, remontaient à peu de temps après ma propre naissance, treize ans plus tôt. Comme si un sombre pressentiment les avait avertis qu'ils n'auraient pas toujours auprès d'eux leur couple d'oisillons.

Je me souviens de la lettre envoyée par José-Carlos à mon père. Ils avaient combattu ensemble durant la guerre civile espagnole, ce qui avait noué entre eux une amitié solide, entretenue depuis par une correspondance épisodique,

although he was my mother's cousin, not my father's. My mother's aunt had married a Spaniard from Santander and José-Carlos was their son. Thus we all knew where Santander was but had scarcely heard of Majorca. At any rate, we had to search for it on the map. With the exception of Piers, that is. Piers would have known, Piers could have told us it was the largest of the Balearic Islands, Baleares Province in the western Mediterranean, and probably too that it covered something over fourteen hundred square miles. But one of the many many nice things about my clever brother, child of good fortune, was his modesty. Handing out pieces of gratuitous information was never his way. He too stood and looked over our father's shoulder at Goodall and Darby's University Atlas, a pre-war edition giving pride of place to the British Empire and in which the Mediterranean was an unimportant inland sea. He looked, as we did, in silence.

The tiny Balearics floated green and gold on pale blue, held in the arms of Barcelona and Valencia. Majorca (Mallorca in brackets) was a planet with attendant moons : Formentera, Cabrera, but Minorca too and Ibiza. How strange it now seems that we had never heard of Ibiza, had no idea of how to pronounce it, while Minorca was just the place a chicken was named after.

quand bien même José-Carlos était le cousin de ma mère et non celui de mon père. Une tante de maman s'était mariée à un Espagnol de Santander et José-Carlos était leur fils. Nous savions par conséquent tous où se trouvait cette ville, mais en revanche le nom de Majorque nous était pratiquement inconnu. En tout cas, il nous fallut le chercher sur une carte. Sauf Piers. Piers savait sûrement ; il aurait pu nous dire que c'était la plus grande des îles Baléares, province espagnole de la Méditerranée occidentale, et même, sans doute, qu'elle occupait une superficie de plus de trois mille six cents kilomètres carrés. Mais l'une des innombrables qualités de ce frère brillant et comblé par le sort, c'était la modestie. N'ayant pas pour habitude d'étaler ses connaissances, il s'était lui aussi penché par-dessus l'épaule de papa pour consulter l'atlas Goodall and Darby, dans une édition d'avant-guerre, qui faisait la part belle à l'Empire britannique et dans lequel la Méditerranée n'était qu'une modeste mer intérieure. Comme nous, il avait cherché, en silence.

Les petites îles Baléares flottaient en vert et or sur un fond bleu pâle, dans le creux délimité par Barcelone et Valence. Majorque (entre parenthèses Mallorca) faisait penser à une planète entourée de ses satellites : Formentera, Cabrera, ainsi que Minorque et Ibiza. Aujourd'hui il est difficile d'imaginer qu'on puisse ignorer le nom d'Ibiza ou ne pas savoir comment le prononcer ; quant à Minorque, ce n'était pour moi qu'une race de poules.

José-Carlos's house was at a place called Llosar. He described it and its setting, deprecat-
ingly, making little of the beauty, stressing rustic
awkwardnesses. It was on the north-west coast,
overlooking the sea, within a stone's throw of the
village, but there was not much to the village,
only a few little shops and the hotel. His English
was so good it put us to shame, my father said.
They would have to brush up their Spanish, my
mother and he.

The house was ours for the months of July and
August, or for us children's school holidays. We
would find it very quiet, there was nothing to do
but swim and lie in the sun, eat fish and drink in
the local tavern, if my parents had a mind to that.
In the south-east of the island were limestone
caves and subterranean lakes, worth a visit if
we would entrust ourselves to the kind of car we
would find for hire. Tourists had begun to come,
but there could not be many of these as there was
only one hotel.

Llosar was marked on our map, on a northern
cape of the island. The capital, Palma, looked
quite big until you saw its letters were in the
same size print as Alicante on the mainland.

La villa de José-Carlos était située dans un village du nom de Llosar. Il faisait de la maison et de son environnement une description peu flatteuse, passant rapidement sur les attraits et insistant sur les inconvénients dus à la rusticité des lieux. Sur la côte nord-ouest de l'île, avec vue sur la mer, la maison se trouvait à un jet de pierre du village, si on pouvait parler de village, vu qu'il y avait seulement un hôtel et quelques échoppes. L'anglais de José-Carlos était tellement parfait que c'en était à leur faire honte, dit mon père. Ils feraient bien de dérouiller leur espagnol, ma mère et lui.

La maison était à notre disposition pour les mois de juillet et août, c'est-à-dire pendant les vacances scolaires. Ce serait le repos absolu, les seules activités consistant à se baigner, à se dorer au soleil, à se régaler de poisson et à aller boire un verre à la taverne, si mes parents en avaient envie. Au sud-est de l'île il y avait des grottes de calcaire et des lacs souterrains qui méritaient une visite, à condition de faire confiance aux voitures de location. On commençait à voir quelques touristes, mais leur nombre était forcément limité, vu qu'il n'y avait qu'un seul hôtel.

Llosar était inscrit sur notre carte, sur un cap au nord de l'île. Palma, la capitale, donnait l'impression d'être une très grande ville, jusqu'au moment où l'on s'apercevait que son nom était écrit dans la même taille de caractères que celui d'Alicante, sur le continent.

We had never been abroad, Piers and I. We were the children of war, born before it, confined by it to our own beleaguered island. And since the end of war we had been fated to wait patiently for something like this that would not cost much or demand a long-term plan.

I longed for this holiday. I had never been ill but now I dreaded some unspecified illness swooping down on me as the school term drew to its close. It was possible. Everyone, sooner or later, in those days before general immunisation, had measles. I had never had it. Piers had been in hospital for an operation the previous year but I had never so much as had my tonsils out. Anything could happen. I felt vulnerable, I lived in daily terror of the inexplicable gut pain, the rash appearing, the cough. I even began taking my temperature first thing in the morning, as my poor mother took hers, although for a different reason. They would go without me. Why not? It would be unfair to keep four people at home for the sake of one. I would be sent, after I came out of hospital, to stay with my Aunt Sheila.

What happened was rather different. We were not to be a member of the party fewer but to be joined by one more.

Piers et moi n'étions jamais allés à l'étranger. Nous étions des enfants de la guerre, nés avant qu'elle ne commence et faits prisonniers par elle dans notre île assiégée. Et depuis qu'elle était terminée, nous n'avions pas eu d'autre choix que d'attendre patiemment une occasion de ce genre, peu coûteuse et ne nécessitant pas de longs préparatifs.

Je me faisais une fête de ces vacances. Moi qui n'avais jamais été malade, je redoutais soudain qu'un mal quelconque ne s'abatte sur moi, à la fin du trimestre scolaire. Ce n'était pas impossible. À cette époque, avant que la vaccination ne se généralise, tout le monde attrapait la rougeole, un jour ou l'autre. Je ne l'avais pas eue. L'année précédente, Piers avait été hospitalisé pour une opération, mais pour ma part je n'avais même pas subi l'ablation des amygdales. Il pouvait m'arriver n'importe quoi. Je me sentais vulnérable, je vivais quotidiennement dans la terreur d'un mal de ventre inexplicable, d'une éruption de boutons, d'une toux inopinée. J'avais même commencé à prendre ma température tous les matins, au réveil, ce que ma pauvre mère faisait aussi, mais pour d'autres raisons. Ils partiraient sans moi. Et pourquoi pas ? Ce ne serait pas juste d'obliger quatre personnes à rester à la maison à cause d'une seule. À ma sortie de l'hôpital, on m'enverrait chez ma tante Sheila.

En définitive, ce qui se produisit fut bien différent. Loin de se trouver amputée d'un membre, notre famille s'en vit adjoindre un de plus.

José-Carlos's second letter was even more apologetic and this time, in my view at least, with justice. He had a request. We must of course say no at once if what he asked was unacceptable. Rosario would very much like to be at the house while we were there. Rosario loved the place so much and always stayed there in the summer holidays.

"Who is he?" I said.

"He's a girl," my mother said. "José-Carlos's daughter. I should think she must be fifteen or sixteen by now."

"It's one of those Spanish names," said my father, "short for Maria of the something-or-other, Maria del Pilar, Maria del Consuelo, in this case Maria of the rosary."

I was very taken aback. I didn't want her. The idea of a Spanish girl joining us filled me with dismay. I could imagine her, big and dark, with black flowing hair and tiers of skirts that would swing as she danced, a comb and mantilla, although I stopped at the rose between her teeth.

"We can write to José-Carlos and say it's not acceptable." This seemed perfectly reasonable to me. "He says we are to, so we can. We can do it at once and she'll know in plenty of time not to be there."

My mother laughed. My father did not. Now, so long afterwards, I can look back and believe he already understood the way I was and it worried him.

Dans sa seconde lettre, José-Carlos adoptait un ton encore plus contrit, à juste titre cette fois, du moins d'après moi. Il avait une faveur à nous demander. Bien entendu, si nous jugions sa requête inacceptable, nous ne devions pas hésiter à refuser. Rosario souhaitait beaucoup venir à Llosar en même temps que nous. Rosario adorait cette maison, qui était depuis toujours le cadre de ses vacances d'été.

« Qui c'est, ce Rosario ? demandai-je.

— Ce Rosario est une fille, dit ma mère. La fille de José-Carlos. Je pense qu'elle doit avoir maintenant dans les quinze ou seize ans.

— C'est un prénom espagnol, ajouta mon père. Un diminutif pour Maria quelque chose, Maria del Pilar, Maria del Consuelo et, dans son cas, Maria du rosaire. »

J'étais abasourdie. Je n'en voulais pas. L'idée qu'une Espagnole allait se joindre à nous me plongeait dans la consternation. Je la voyais déjà, grosse et brune, avec une abondante chevelure noire, une robe à volants qui tourbillonnait quand elle dansait, un peigne et une mantille, tout juste si je ne lui plantais pas une rose entre les dents.

« Il n'y a qu'à répondre à José-Carlos que ce n'est pas possible. » Je trouvais cela tout naturel. « Il dit qu'on ne doit pas hésiter, alors on peut le faire. Autant écrire tout de suite, pour qu'elle sache bien à l'avance qu'elle ne pourra pas venir. »

Ma mère rit, mais pas mon père. En y repensant aujourd'hui, si longtemps après, je me rends compte qu'il avait déjà deviné ma nature profonde et que cela l'inquiétait.

He said gently but not smiling, "He doesn't mean it. He's being polite. It would be impossible for us to say no."

"Besides," said Piers, "she may be very nice." That was something I could never consider as possible. I was wary of almost everyone then and I have changed very little. I still prepare myself to dislike people and be disliked by them. Their uncharitableness I anticipate, their meanness and envy. When someone invites me to dinner and tells me that such-and-such an acquaintance of theirs will be there, a man or a woman I shall love to meet, I invariably refuse. I dread such encounters. The new person, in my advance estimation, will be cold, self-absorbed, malicious, determined to slight or hurt me, will be handsome or beautiful, well-dressed and brilliant, will find me unattractive or stupid, will either not want to talk to me or will want to talk with the object of causing humiliation.

I am unable to help this. I have tried. Psychotherapists have tried. It is one of the reasons why, although rich beyond most people's dreams and good-looking enough, intelligent enough and able to talk, I have led until recently a lonely life, isolated, not so much neglected as the object of remarks such as :

36

Il m'expliqua gentiment, mais sans un sourire :
« Il a dit ça pour la forme. Par politesse. Il n'est
pas question de refuser.

— En plus, elle est peut-être très sympathique »,
intervint mon frère. Cette éventualité me semblait
inconcevable. À l'époque, déjà, je me méfiais pratiquement de tout le monde et je n'ai guère
changé depuis. Aujourd'hui encore, je m'attends
toujours à ne pas aimer mes semblables et à ne
pas en être aimée. D'avance, je les imagine mes-
quins, peu charitables, envieux. Si l'on m'invite à
un dîner en me disant qu'il y aura telle ou telle
personne, homme ou femme, qui me plaira beaucoup, je refuse systématiquement. Je redoute ce
genre de rencontres. Je suis persuadée que ladite
personne se montrera froide, égoïste, méchante,
désireuse de me nuire ou de me blesser, qu'elle
sera belle, voire magnifique, élégante et brillante,
qu'elle me trouvera stupide et sans charme,
qu'elle ne voudra pas me parler ou que, si elle
me parle, ce sera dans l'intention de m'humilier.

Je n'y puis rien. J'ai tout essayé. Des psychothé-
rapeutes ont essayé. C'est l'une des raisons pour
lesquelles, bien que jouissant d'une fortune qui
en ferait rêver beaucoup, relativement jolie, plutôt intelligente et tout à fait capable de tenir ma
place dans une conversation, j'ai mené, jusqu'à
ces derniers temps, une vie solitaire et recluse ; ce
n'est pas tant qu'on me délaisse, mais je suis souvent l'objet de réflexions telles que :

"Petra won't come, so there is really no point in asking her," and "You have to phone Petra or write to her so far in advance and make so many arrangements before you drop in for a cup of tea, it hardly seems worth it."

It is not so much that I am shy as that, cold myself, I understand the contempt and indifference of the cold-hearted. I do not want to be its victim. I do not want to be reduced by a glance, a laugh, a wounding comment, so that I shrivel and grow small. That is what the expression means : to make someone feel small. But another phrase, when someone says he wants the earth to open and swallow him up, that I understand, that is not something I long for but something which happens to me daily. It is only in this past year that the thaw has begun, the slow delayed opening of my heart.

So the prospect of the company of Rosario spoiled for me those last days before we left for Spain. She would be nicer to look at than I was. She would be taller. Later on in life the seniority of a friend is to one's advantage but not at thirteen. Rosario was older and therefore more sophisticated, more knowledgeable, superior and aware of it. The horrible thought had also struck me that she might not speak English.

«Inutile d'inviter Petra, de toute façon elle ne viendra pas», ou «Pour passer prendre une tasse de thé chez Petra, il faut lui téléphoner ou lui écrire si longtemps à l'avance, et c'est si compliqué, qu'on se demande si ça en vaut la peine.»

Ce n'est pas tant que je sois spécialement timide, mais étant moi-même froide de nature, je sais le mépris et l'indifférence que ressentent les êtres qui ont le cœur froid et je ne veux pas en être la victime. Je refuse d'être anéantie par un regard, un rire, une réflexion blessante, alors je me ratatine et je me fais toute petite. L'expression dit bien ce qu'elle veut dire : «rabaisser quelqu'un». On dit aussi parfois qu'on voudrait que la terre s'entrouvre sous nos pieds pour nous engloutir, et c'est une chose que je comprends, non que je le souhaite véritablement, mais j'en fais l'expérience tous les jours. C'est seulement depuis l'an dernier que le dégel s'est amorcé, que mon cœur, si longtemps fermé, a commencé tout doucement à s'ouvrir.

La perspective de la présence de Rosario m'avait donc gâché les journées précédant notre départ pour l'Espagne. Elle serait forcément plus jolie que moi. Et plus grande. Quand on avance dans la vie, être plus jeune est un avantage, mais pas à treize ans. Étant plus âgée, Rosario serait obligatoirement plus raffinée, plus savante, bref supérieure à moi et consciente de l'être. J'avais également été traversée par l'idée horrible qu'elle ne parlait peut-être pas anglais.

She would be a grown-up speaking Spanish with my parents and leagued with them in the great adult conspiracy against those who were still children.

So happy anticipation was spoiled by dread, as all my life it has been until now.

*

If you go to Majorca today special flights speed you there direct from Heathrow and Gatwick and, for all I know, Stansted too. It may well be true that more people go to Majorca for their holidays than anywhere else. When we went we had to take the train to Paris and there change on to another which carried us through France and the night, passing the walls of Carcassonne at sunrise, crossing the frontier into Spain in the morning. A small, light and probably ill-maintained aircraft took us from Barcelona to Palma and one of the hired cars, the untrustworthy rackety kind mentioned by José-Carlos, from Palma to the north.

I slept in the car, my head on my mother's shoulder, so I absorbed nothing of that countryside that was to grow so familiar to us, that was to ravish us with its beauty and in the end betray us. The sea was the first thing I saw when I woke up, of a deep, silken, peacock blue, a mirror of the bright cloudless sky.

Elle s'entretiendrait en espagnol avec mes parents, d'égal à égal, liguée avec eux dans la grande conspiration des adultes contre ceux qui sont encore des enfants.

C'est ainsi que l'appréhension avait terni ma joie, comme il en a toujours été, jusqu'à maintenant.

*

Aujourd'hui, si vous voulez vous rendre à Majorque, vous trouverez des vols directs depuis Heathrow, Gatwick, et même, je crois, Stansted. C'est peut-être vrai que l'île attire plus de touristes que n'importe quel autre lieu de vacances. Mais à l'époque, il nous fallut d'abord prendre un train pour Paris, puis de là en prendre un autre qui nous fit traverser la France de nuit, passa au pied des remparts de Carcassonne au lever du soleil, et franchit la frontière espagnole dans la matinée. De Barcelone, un petit avion, léger et sans doute mal entretenu, nous emmena jusqu'à Palma, d'où nous partîmes pour le nord de l'île dans l'une de ces petites voitures de location déglinguées et peu fiables dont avait parlé José-Carlos.

Ayant dormi pendant tout le trajet, la tête sur l'épaule de ma mère, je n'avais rien vu de ce pays qui allait nous devenir si familier, nous enchanter par sa beauté et, finalement, nous trahir. À mon réveil, la première chose que je vis fut la mer, une mer d'un bleu irisé, profond et soyeux, reflétant un ciel pur et radieux.

And the heat wrapped me like a shawl when I got out and stood there on dry pale stones, striped with the thin shadows of juniper trees.

I had never seen anywhere so beautiful. The shore which enclosed the bay was thickly wooded, a dark massy green, but the sand was silver. There was a skein of houses trailed along the shore, white cottages with flat pantiled roofs, the church with its clean square campanile and the hotel whose terrace, hung with vines and standing in the sea, was a combination of pier and tree house. Behind all this and beyond it, behind *us* the way we had come, a countryside of yellow hills scattered with grey trees and grey stones, stretched itself out and rolled up into the mountains. And everywhere stood the cypresses like no trees I had ever seen before, blacker than holly, thin as stems, clustered like groups of pillars or isolated like single obelisks, with shadows which by evening would pattern the turf with an endlessly repeated tracery of lines. Upon all this the sun shed a dry, white, relentless heat.

Children look at things. They have nothing else to do. Later on, it is not just a matter of this life being full of care and therefore worthless if we have no time to stand and stare.

La chaleur m'enveloppa tel un châle, à l'instant même où je sortais de la voiture pour poser le pied sur des dalles sèches et pâles que l'ombre des genévriers striait de minces rayures.

Jamais je n'avais rien vu d'aussi beau. Le pourtour de la baie, très boisé, faisait une masse vert sombre, mais le sable était argenté. Le long du rivage, il y avait un dédale de maisonnettes blanches dont les toits étaient recouverts de tuiles plates, une église, avec son campanile trapu, et un hôtel dont la terrasse garnie d'une treille avançait sur la mer, servant à la fois de jetée et de tonnelle. Derrière tout cela, en arrière-plan, derrière *nous*, étant donné la direction d'où nous venions, se déployait un panorama de collines jaunes, ponctuées d'arbres et de rochers gris, qui finissaient par se fondre dans les montagnes. Et partout les cyprès, des arbres qui ne ressemblaient en rien à ceux que je connaissais, plus sombres que du houx, minces comme des lianes, groupés telle une forêt de colonnes, ou solitaires ainsi qu'un obélisque, projetaient, le soir, des ombres qui dessinaient, répétées à l'infini sur le sol, des lignes entrelacées. Par-dessus tout cela, le soleil étendait une chaleur sèche, blanche et impitoyable.

Les enfants savent regarder. Ils n'ont rien d'autre à faire. Et si, plus tard, nous ne prenons pas le temps de nous arrêter et de regarder, ce n'est pas seulement du fait d'une vie remplie de soucis et qui par conséquent n'en vaut pas la peine.

We have no time, we cannot change back, that is the way it is. When we are young, before the time of study, before love, before work and a place of our own to live in, everything is done for us. If we have happy childhoods, that is, and good parents. Our meals will be made and our beds, our clothes washed and new ones bought, the means to buy earned for us, transport provided and a roof over our heads. We need not think of these things or fret about them. Time does not press its hot breath on us, saying to us, go, go, hurry, you have things to do, you will be late, come, come, hurry.

So we can stand and stare. Or lean on a wall, chin in hands, elbows on the warm rough stone, and look at what lies down there, the blue silk sea unfolding in a splash of lace on the sand, the rocks like uncut agate set in a strip of silver. We can lie in a field, without thought, only with dreams, gazing through a thousand stems of grasses at the tiny life which moves among them as between the tree trunks of a wood.

Nous n'avons pas le temps, nous ne pouvons pas redevenir ce que nous étions, c'est comme ça. Tant qu'on est petit, tant que n'est pas venu le moment d'étudier, d'aimer, de travailler et d'avoir une maison à soi, il y a quelqu'un pour s'occuper de tout à notre place. À condition, bien entendu, d'avoir une enfance heureuse et de bons parents. Nos repas sont préparés tout comme notre lit, nos vêtements sont lavés et nous en avons régulièrement de nouveaux, achetés avec de l'argent gagné pour nous, nos déplacements sont assurés et nous avons toujours un toit au-dessus de la tête. Nous n'avons même pas à y penser et à nous en inquiéter. Le Temps ne souffle pas sur nous son haleine chaude, pour nous dire : «Allons, allons, presse-toi, tu as des choses à faire, tu vas être en retard, vite, vite, dépêche-toi.»

On peut donc rester planté à regarder. Ou bien s'appuyer contre un mur, le menton dans les mains, les coudes sur la pierre chaude et rugueuse, pour contempler le paysage, là-bas, la mer d'un bleu soyeux qui déroule ses éclaboussures festonnées sur le sable, les rochers, pareils à des agates brutes serties dans un ruban d'argent. On peut s'allonger sur l'herbe, l'esprit occupé seulement par des rêveries, en observant la vie microscopique qui s'agite entre un millier de brins d'herbe comme parmi les arbres d'une forêt.

In a few years' time, a very few, it will be possible no more, as all the cares of life intrude, distract the mind and spoil the day, introducing those enemies of contemplation, boredom and cold and stiffness and anxiety.

At thirteen I was at the crossing point between then and now. I could still stand and stare, dawdle and dream, time being still my toy and not yet my master, but adult worries had begun. People were real, were already the only real threat. If I wanted to stay there, leaning on my wall, from which hung like an unrolled bolt of purple velvet the climber I learned to call the bougainvillea, it was as much from dread of meeting José-Carlos and his wife Micaela and Rosario, their daughter, as from any longing for the prolongation of my beautiful view. In my mind, as I gazed at it, I was rehearsing their remarks, designed to diminish me.

"Petra!"

My father was calling me, standing outside a white house with a balcony running all the way around it at first floor level. Cypresses banded its walls and filled the garden behind it, like spikes of dark stalagmites.

Dans quelques années à peine tout ça ne sera plus possible, car toutes les préoccupations de l'existence surgiront, pour accaparer vos pensées, gâcher vos journées et ouvrir la porte à ces ennemis de la contemplation qui ont pour nom ennui, froideur, raideur et inquiétude.

À treize ans je me trouvais précisément à ce carrefour temporel. Je pouvais encore rester plantée à regarder, flâner, rêvasser, le temps était encore provisoirement, pour moi, un jouet, en attendant de devenir un maître, et pourtant les soucis de l'âge adulte s'annonçaient. Les êtres humains, bien réels, constituaient déjà la seule véritable menace. Si je voulais rester là, appuyée contre le mur, où était accroché tel un drapé de velours violet un arbuste grimpant dont je devais apprendre qu'il s'appelait un bougainvillier, c'était davantage pour retarder le moment d'être présentée à José-Carlos, à sa femme Micaela et à leur fille Rosario, que pour admirer encore un instant le superbe paysage. Tout en le contemplant, j'imaginais les remarques dévalorisantes qu'ils allaient faire à mon endroit.

« Petra ! »

C'était mon père qui m'appelait. Il se tenait devant une maison blanche dont l'étage était entièrement ceint d'un balcon. Des cyprès, semblables à des colonnes de sombres stalagmites, enserraient ses murs et peuplaient tout le jardin, par-derrière.

There was a girl with him, smaller than me, I could tell even from that distance, small and thin and with a tiny face that looked out between great dark doors of hair, as through the opening in a gateway. Instead of guessing she was Rosario, I thought she must be the child of a caretaker or cleaner. Introductions would not be made. I scarcely glanced at her. I was already bracing myself for the coming meeting, hardening myself, emptying my mind. Up through the white sunlight to the house I went and was on the step, had pushed open the front door, when he said her name to me.

"Come and meet your cousin."

I had to turn and look then. She was not at all what I expected. People never are and I know that — I think I even knew it then — but this was a knowledge which made no difference. I have never been able to say, wait and see, make no advance judgements, reserve your defence. I managed to lift my eyes to hers. We did not shake hands but looked at each other and said hallo. She had difficulty with the H, making it too breathy. I noticed, close up beside her, that I was an inch taller. Her skin was pale with a glow behind it, her body as thin as an elf's. About the hair only I had been right and that not entirely.

Il y avait une fille à côté de lui, une fille menue et petite, plus petite que moi, constatai-je, même de là où je me trouvais, dont le visage miniature surgissait entre deux grands pans de cheveux comme entre les battants d'un portail. Loin d'imaginer que c'était Rosario, je pensai que ce devait être la fille d'une femme de ménage. On ne me la présenterait pas. Je lui accordai à peine un regard. Pour me préparer à la rencontre qui m'attendait, je me cuirassai et fis le vide dans ma tête. Je remontai jusqu'à la maison, dans la blanche lumière du soleil, j'arrivai sur le seuil, et j'avais déjà poussé la porte d'entrée quand mon père la nomma :

« Viens que je te présente ta cousine. »

Je ne pus faire autrement que de me retourner et de la regarder. Elle ne ressemblait pas du tout à l'idée que je m'en étais faite. D'ailleurs les gens ne ressemblent jamais à l'idée qu'on s'en fait. Je le sais aujourd'hui — et je crois bien que je le savais déjà à l'époque — mais de le savoir ne change rien. Jamais je n'ai pu me dire, attends de voir, ne juge pas à l'avance, ne te mets pas tout de suite sur la défensive. Je parvins à lever les yeux. Nous échangeâmes un regard et un « Hello » sans nous serrer la main. Elle avait du mal avec le « H », qu'elle aspirait trop. Maintenant que j'étais près d'elle, je me rendais compte que j'avais deux ou trois centimètres de plus. Son teint pâle irradiait d'un éclat diffus et elle était mince comme un fil. Il n'y avait que ses cheveux pour lesquels j'avais deviné juste, et encore pas tout à fait.

Rosario's hair was the colour of polished wood, of old furniture, as smooth and shining, and about ten times as long as mine. Later she showed me how she could sit on it, wrap herself in it. My mother told her, but kindly, meaning it as a compliment, that she could be Lady Godiva in a pageant. And then, of course, Piers, who knew the story properly, had to explain who Lady Godiva was.

Then, when we first met, we did not say much. I was too surprised. I must say also that I was gratified, for I had expected a young lady, an amalgam of Carmen and a nun, and found instead a child with Alice in Wonderland hair and ankle socks. She wore a little short dress and on a chain around her neck a seed-pearl locket with a picture of her mother. She preceded me into the house, smiling over her shoulder in a way unmistakably intended to make me feel at home. I began to thaw and to tremble a little, as I always do. Her parents were inside with my mother and Piers, but not to stay long. Once we had been shown where to find things and where to seek help if help were needed, they were to be off to Barcelona.

Lisses, brillants, ils avaient la couleur du bois ciré, d'un meuble ancien, et étaient dix fois plus longs que les miens. Par la suite, elle me montra qu'elle pouvait s'asseoir dessus et s'en envelopper. En guise de compliment, ma mère lui dit affectueusement qu'elle pourrait tenir le rôle de Lady Godiva*. Et aussitôt Piers, qui connaissait bien sûr l'histoire en détail, dut lui expliquer qui était Lady Godiva.

Ainsi, la première fois, nous sommes restées presque muettes. J'étais trop surprise. Et aussi un peu soulagée, je dois l'avouer, car au lieu de la jeune fille, de ce mélange de Carmen et de religieuse que j'avais imaginé, je voyais une petite fille en socquettes, coiffée comme Alice au pays des merveilles. Elle portait une robe courte, et un médaillon en semence de perles renfermant une photo de sa mère pendait à son cou, accroché à une chaîne. Elle entra dans la maison la première et se retourna avec un sourire visiblement destiné à me mettre à l'aise. Je commençai à me dégeler et aussi à trembler un peu, à mon habitude. Ses parents étaient déjà à l'intérieur, avec Piers et maman, mais ils ne restèrent pas longtemps. Quand ils nous eurent fait faire le tour du propriétaire et expliqué où trouver de l'aide si jamais nous en avions besoin, ils repartirent pour Barcelone.

---

* Selon la légende, Lady Godiva avait accepté de traverser la ville, nue sur un cheval, abritée seulement de ses longs cheveux, pour que son mari, le comte de Mercie, allège les impôts. Cet événement est commémoré à Coventry, tous les sept ans, par une procession.

We had been travelling for a day and a night and half a day. My mother went upstairs to rest in the big bed under a mosquito net. My father took a shower in the bathroom which had no bath and where the water was not quite cold but of a delectable cool freshness. Piers said.

"Can we go in the sea?"

"If you like to." Rosario spoke the very correct, oddly-accented English of one who has been taught the language with care but seldom heard it spoken by an English person. "There is no tide here. You can swim whenever you want. Shall we go now and I can show you?"

"In a place like this," said my brother, "I should like to go in the sea every day and all day. I'd never get tired of it."

"Perhaps not." She had her head on one side. "We shall see."

We did grow tired of it eventually. Or, rather, the sea was not always the sweet buoyant blessing it appeared to be that first afternoon. A plague of jellyfish came and on another day someone thought he saw a basking shark. Fishermen complained that swimmers frightened off their catch. And, as a day-long occupation we grew tired of it.

Nous avions voyagé pendant toute une journée, une nuit et une demi-journée. Ma mère monta se reposer dans le grand lit, sous une moustiquaire. Mon père alla prendre une douche dans la salle de bains, où il n'y avait pas de baignoire et où l'eau, sans être vraiment froide, était d'une délicieuse fraîcheur. Piers proposa :

« Est-ce qu'on peut aller se baigner ?

— Si tu veux », dit Rosario. Elle s'exprimait dans un anglais très correct, avec l'accent curieux d'une personne qui a soigneusement étudié une langue, sans l'avoir jamais entendu parler par un autochtone. « Ici il n'y a pas de marée. On peut se baigner n'importe quand. Allons-y tout de suite et je te montrerai.

— C'est tellement beau ici, s'écria mon frère, que j'aimerais aller tous les jours à la mer et me baigner toute la journée. Je ne pourrai jamais m'en lasser.

— C'est possible. On verra », dit-elle en inclinant la tête de côté.

Nous finîmes pourtant par nous en lasser. Ou plutôt, la mer n'était pas toujours ce miracle de douceur caressante qu'elle nous avait paru être le premier jour. Ainsi, il y eut une invasion de méduses et, une autre fois, le bruit courut qu'un requin pèlerin croisait dans les parages. Les pêcheurs se plaignaient que les nageurs effrayaient le poisson. Et puis, à la longue, y passer toutes nos journées devint monotone.

But that first time and for many subsequent times when we floated in its warm blue embrace and looked through depths of jade and green at the abounding marine life, at fishes and shells and the gleaming tendrils of subaqueous plants, all was perfect, all exceeded our dreams.

Our bodies and legs were white as fishes. Only our arms had a pale tan from the English summer. Piers had not been swimming since his illness but his trunks came up just high enough to hide the scar. Rosario's southern skin was that olive colour that changes only a little with the seasons but her limbs looked brown compared to ours. We sat on the rocks in the sun and she told us we must not leave the beach without covering ourselves or walk in the village in shorts or attempt to go in the church — this one was for me — with head and arms uncovered.

"I don't suppose I shall want to go in the church," I said.

She looked at me curiously. She wasn't at all shy of us and what we said made her laugh. "Oh, you will want to go everywhere. You will want to see everything."

"Is there much to see?" Piers was already into the way of referring back to the textual evidence. "Your father said there would only be swimming and a visit to the caves."

Mais cette première fois et celles qui suivirent, quand nous nous coulions dans cette tiède étreinte azurée, fascinés par la faune abondante qui peuplait les profondeurs de jade et de vert, par les poissons, par les coquillages et les vrilles luisantes des plantes aquatiques, tout nous semblait d'une beauté plus parfaite encore que dans nos rêves.

Nous étions blancs comme des cachets d'aspirine. Seuls nos bras avaient un léger hâle, dû à l'été britannique. Piers ne s'était pas baigné depuis son opération, mais son caleçon de bain lui montait juste assez haut pour cacher sa cicatrice. La peau de Méditerranéenne de Rosario avait cette teinte olivâtre qui varie peu avec les saisons, mais par rapport à nous elle était bronzée. Nous nous assîmes tous les trois au soleil, sur les rochers, et elle nous expliqua qu'il ne fallait ni quitter la plage sans s'être rhabillés, ni se promener en short dans le village, ni pénétrer dans l'église — cela pour moi — la tête et les bras nus.

«Je ne crois pas que j'aurai envie d'entrer dans l'église», déclarai-je.

Elle me regarda avec curiosité. Nous ne l'intimidions pas du tout et elle riait de tout ce que nous disions. «Oh, tu auras envie d'aller partout. Tu voudras tout voir.

— Il y a beaucoup de choses à voir?» Piers avait bien sûr saisi l'occasion d'en revenir aux choses concrètes. «D'après ton père, il n'y a pas d'autres occupations que les bains et la visite des grottes.

"The caves, yes. We must take you to the caves. There are lots and lots of things to do here, Piers."

It was the first time she had spoken his name. She pronounced it like the surname "Pearce". I saw him look at her with more friendliness, with more warmth, than before. And it is true that we are *warmed* by being called by our names. We all know people who hardly ever do it, who only do it when they absolutely must. They manage to steer conversations along, ask questions, respond, without ever using a first name. And they chill others with their apparent detachment, those others who can never understand that it is diffidence which keeps them from committing themselves to the use of names. They might get the names wrong, or use them too often, be claiming an intimacy to which they have no right, be forward, pushy, presumptuous. I know all about it for I am one of them.

Rosario called me Petra soon after that and Piers called her Rosario. I remained, of course, on the other side of that bridge which I was not to cross for several days. We went up to the house and Rosario said,

"I'm so happy you have come."

It was not said as a matter of politeness but rapturously. I could not imagine myself uttering those words even to people I had known all my life. How could I be so forward, lay myself open to their ridicule and their sneers, *expose* myself to their scorn?

— Oui, les grottes. Il faut qu'on vous emmène voir les grottes. Il y a vraiment plein de choses à faire ici, Piers. »

C'était la première fois qu'elle l'appelait par son prénom. Elle l'avait prononcé «Pearce», comme le nom de famille. Je m'aperçus qu'il la regardait avec plus de tendresse, plus de chaleur qu'auparavant, tant il est vrai que ça *réchauffe* le cœur de s'entendre appeler par son prénom. Il y a des gens qui ne le font presque jamais, ou qui ne le font que s'ils y sont obligés. Ils savent entretenir une conversation, poser des questions, répondre, sans jamais utiliser de prénom. Et cet apparent détachement glace tout le monde, tous ceux qui ne savent pas que c'est par manque d'assurance qu'ils évitent de se risquer à l'usage des prénoms. Ils craignent de les estropier, d'en abuser, d'avoir l'air de prétendre à une intimité à laquelle ils n'ont pas droit, de paraître sans gêne, indiscrets, présomptueux. C'est un sujet que je connais bien car je fais partie de ces gens-là.

Sans tarder, Rosario m'appela Petra et Piers l'appela Rosario. Quant à moi, bien entendu, il me fallut plusieurs jours pour franchir le pas. En rentrant à la maison, Rosario s'exclama :

«Comme je suis heureuse que vous soyez là ! »

Elle ne disait pas cela par politesse, mais parce qu'elle était véritablement ravie. Je ne me voyais pas disant des choses pareilles, même à des êtres très proches. Comment pourrais-je me montrer aussi directe, prêter le flanc à leur ironie et à leurs sarcasmes, m'*exposer* à leur mépris ?

Yet when they were spoken to me I felt no scorn and no desire to ridicule. Her words pleased me, they made me feel needed and liked. But that was far from understanding how to do myself what Rosario did, and forty years later I am only just learning.

"I'm so happy you have come."

She said it again, this time in the hearing of my parents. Piers said,

"We're happy to be here, Rosario."

It struck me then, as I saw him smile at her, that until then he had not really known any girls but me.

Pourtant, en entendant cela, je ne ressentis ni dédain ni envie de me moquer. Sa remarque me faisait plaisir ; elle me donnait l'impression que notre présence était désirée, appréciée. Mais c'était loin de m'apprendre à me comporter comme Rosario et, quarante ans après, je commence à peine cet apprentissage.

« Comme je suis heureuse que vous soyez là, répéta-t-elle, devant mes parents, cette fois.

— Et nous, nous sommes heureux d'être ici, Rosario », dit Piers.

En le voyant lui sourire, je pris soudain conscience que, jusqu'ici, il n'avait pour ainsi dire pas connu d'autres filles que moi.

My brother had all the gifts, looks, intellect, charm, simple niceness and, added to these, the generosity of spirit that should come from being favoured by the gods but often does not. My mother and father doted on him. They were like parents in a fairy story, poor peasants who know themselves unworthy to bring up the changeling prince some witch has put into their own child's cradle.

Not that he was unlike them, having taken for himself the best of their looks, the best features of each of them, and the best of their talents, my father's mathematical bent, my mother's love of literature, the gentleness and humour of both. But these gifts were enhanced in him, he bettered them. The genes of outward appearance that met in him made for greater beauty than my mother and father had.

Mon frère avait tout pour lui, beauté, intelligence, charme, simplicité, gentillesse, sans compter la générosité d'esprit que devraient manifester tous ceux que les dieux ont favorisés, et qui leur fait, hélas, si souvent défaut. Mon père et ma mère l'idolâtraient. Ils étaient comme ces parents des contes de fées, ces pauvres paysans qui s'estiment indignes d'élever le petit prince qu'une sorcière a déposé dans le berceau à la place de leur enfant.

On ne peut pourtant pas dire qu'il ne leur ressemblait pas : il avait hérité de ce qu'il y avait de meilleur dans leur apparence physique, reprenant les plus beaux traits de chacun des deux visages, de même qu'il avait hérité du meilleur de leurs talents, des dispositions de mon père pour les mathématiques, de la passion que ma mère avait pour la littérature, de leur douceur et de leur humour à tous les deux. Mais, en lui, ces dons étaient amplifiés. Les gènes qui déterminent la morphologie d'un individu s'étaient réunis pour produire plus de beauté que mon père et ma mère n'en possédaient.

He was tall, taller at sixteen than my father. His hair was a very dark brown, almost black, that silky fine dark hair that goes grey sooner than any other. My father, who was not yet forty, was already grey. Piers's eyes were blue, as are all the eyes in our family except my Aunt Sheila's which are turquoise with a dark rim around the pupils. His face was not a film star's nor that of a model posing in smart clothes in an advertisement, but a Pre-Raphaelite's meticulous portrait. Have you seen Holman Hunt's strange painting of Valentine rescuing Sylvia, and the armed man's thoughtful, sensitive, gentle looks?

At school he had always been top of his class. Examinations he was allowed to take in advance of his contemporaries he always passed and passed well. He was destined to go up to Oxford at seventeen instead of eighteen. It was hard to say whether he was better at the sciences than the arts, and if it was philosophy he was to read at university, it might equally have been classical languages or physics.

Modern languages were the only subjects at which he failed to excel, at which he did no better and often less well than his contemporaries, and he was quick to point this out. That first evening at Llosar, for instance, he complimented Rosario on her English.

"How do you come to speak English so well, Rosario, when you've never been out of Spain?"

Il était grand. À seize ans, il dépassait mon père. Il avait les cheveux brun foncé, presque noirs, de ces cheveux fins et soyeux qui blanchissent plus tôt que les autres. Mon père, qui n'avait pas encore quarante ans, grisonnait déjà. Piers avait les yeux bleus, comme tout le monde dans la famille, sauf ma tante Sheila qui les a turquoise, avec un cercle sombre autour de la pupille. Son visage n'était pas celui d'une vedette de cinéma, ni d'un mannequin de publicité posant pour du prêt-à-porter de luxe, mais il rappelait très exactement un personnage préraphaélite. Connaissez-vous cette étrange toile de Holman Hunt représentant Valentin secourant Sylvia, où l'homme armé a une si douce physionomie, sensible et pensive ?

En classe, il était invariablement premier. Il était toujours autorisé à passer des examens pour lesquels il était en principe trop jeune et il les réussissait toujours avec brio. Il entrerait à Oxford à dix-sept ans au lieu de dix-huit. On ne pouvait dire s'il était meilleur en sciences qu'en lettres, et il aurait tout aussi bien pu s'orienter vers la philosophie que vers les langues mortes ou la physique.

Les langues vivantes étaient la seule matière où il n'excellait pas et où il obtenait même souvent de moins bons résultats que ses camarades, ce qu'il ne manquait pas de souligner. Dès le premier soir à Llosar, par exemple, il complimenta Rosario pour son anglais.

« Dis-moi, Rosario, comment se fait-il que tu parles si bien anglais alors que tu n'es jamais sortie d'Espagne ?

"I learn at school and I have a private teacher too."

"We learn languages at school and some of us have private teachers, but it doesn't seem to work for us."

"Perhaps they are not good teachers."

"That's our excuse, but I wonder if it's true."

He hastened to say what a dunce he was at French, what a waste of time his two years of Spanish. Why, he would barely know how to ask her the time or the way to the village shops. She looked at him in that way she had, her head a little on one side, and said she would teach him Spanish if he liked, she would be a good teacher. No English girl ever looked at a boy like that, in a way that was frank and shrewd, yet curiously maternal, always practical, assessing the future. Her brown river of hair flowed down over her shoulders, rippled down her back, and one long tress of it lay across her throat like a trailing frond of willow.

I have spoken of my brother in the past — "Piers was" and "Piers did" — as if those qualities he once had he no longer has, or as if he were dead. It is not my intention to give a false impression, but how otherwise can I recount these events?

— Je l'étudie en classe et je prends aussi des cours particuliers.

— Nous aussi nous apprenons des langues à l'école, et il y en a qui prennent des cours particuliers, mais apparemment, ça ne nous sert pas à grand-chose.

— Peut-être n'avez-vous pas de bons professeurs.

— C'est ce que nous prétendons, mais je me demande si c'est la vraie raison. »

Il s'empressa d'annoncer qu'il était nul en français et que ses deux années d'espagnol avaient été du temps perdu. Tout juste s'il saurait lui demander l'heure ou le chemin des magasins du village. Elle le considéra, avec cette façon qu'elle avait de le faire, la tête légèrement inclinée, et dit que s'il voulait, elle lui apprendrait l'espagnol, qu'elle serait un bon professeur. Jamais une jeune Anglaise n'aurait regardé ainsi un garçon, d'une façon franche et pénétrante, avec un rien de maternel, tout en restant directe, comme pour évaluer les possibilités d'avenir. Le flot de ses cheveux bruns se répandit sur ses épaules, balaya son dos, et une longue mèche vint se poser en travers de son cou, telle une branche de saule pleureur.

Je parle de mon frère au passé — « Piers était », « Piers faisait » — comme s'il avait perdu toutes ces qualités ou qu'il était mort. Mon intention n'est pas de donner une fausse impression, mais comment raconter autrement cette histoire ?

Things may be less obscure if I talk of loss rather than death, irremediable loss in spite of what has happened since, and of Piers's character only as it was at sixteen, making clear that I am aware of how vastly the personality changes in forty years, how speech patterns alter, specific learning is lost and huge accumulations of knowledge gained. Of Piers I felt no jealousy but I think this was a question of sex. If I may be allowed to evolve such an impossible thesis I would say that jealousy might have existed if he had been my sister. It is always possible for the sibling, the less favoured, to say to herself, ah, this is the way members of the opposite sex are treated, it is different for them, it is not that I am inferior or less loved, only different. Did I say that? Perhaps, in a deeply internal way. Certain it is that the next step was never taken; I never asked, where then are the privileges that should be accorded to my difference? Where are the special favours that come the way of daughters which their brothers miss? I accepted and I was not jealous.

At first I felt no resentment that it was Piers Rosario chose for her friend and companion, not me.

Tout cela serait peut-être moins obscur si je parlais de perte plutôt que de mort, une perte irrémédiable malgré ce qui est arrivé depuis, et de la personnalité de Piers seulement telle qu'elle était lorsqu'il avait seize ans, afin de bien montrer que je sais à quel point la personnalité change en quarante ans, à quel point on s'exprime différemment, comment on oublie certaines connaissances spécifiques en même temps qu'on accumule un énorme savoir. De Piers, je n'étais nullement jalouse, probablement parce que nous n'étions pas du même sexe. Si on me permet d'avancer une théorie aussi extravagante, je dirais que j'aurais peut-être été jalouse s'il avait été ma sœur. Entre frère et sœur, la moins choyée a toujours la ressource de se dire : « Oh, c'est ainsi qu'on traite ceux qui appartiennent à l'autre sexe, pour eux, c'est différent, ce n'est pas que je sois inférieure ou que l'on m'aime moins, mais seulement que je suis différente. » Me tenais-je ce raisonnement ? Tout au fond de moi, peut-être. En tout cas, il est certain que je ne suis jamais passée à l'étape suivante : jamais je ne me suis demandé où étaient, dans ce cas, les privilèges qui auraient dû être attachés à ma différence ; quels étaient les avantages particuliers dont jouissaient les filles, et que leurs frères n'avaient pas ? J'acceptais et n'étais pas jalouse.

Au début je n'en avais pas voulu à Rosario de préférer la compagnie de Piers à la mienne, pas du tout.

I observed it and told myself it was a question of age. She was nearer in age to Piers than to me. And a question too perhaps, although I had no words for it then, of precocious sex. Piers had never had a girlfriend and she, I am sure, had never had a boyfriend. I was too young to place them in a Romeo and Juliet situation but I could see that they liked each other in the way boys and girls do when they begin to be aware on gender and the future. It did not matter because I was not excluded. I was always with them, and they were both too kind to isolate me. Besides, after a few days we found someone to make a fourth.

*

At this time we were still, Piers and I, enchanted by the beach and all that the beach offered : miles of shore whose surface was a combination of earth and sand and from which the brown rocks sprang like living plants, a strand encroached upon by pine trees with flat umbrella-like tops and purplish trunks. The sea was almost tideless but clean still, so that where it lapped the sand there was no scum or detritus of flotsam but a thin bubbly foam that dissolved at a touch into clear blue water.

Je constatais le fait en le mettant sur le compte de l'âge, puisque sous ce rapport elle était plus proche de lui que de moi. Il y avait peut-être aussi une question de précocité sexuelle, mais je n'étais évidemment pas à même d'employer un tel vocabulaire. Piers n'avait jamais eu de petite amie et elle, j'en suis sûre, n'était jamais sortie avec un garçon. J'étais trop jeune pour les imaginer en Roméo et Juliette, mais je voyais bien qu'ils se plaisaient à la manière des filles et des garçons, quand ils commencent à penser à l'autre sexe et à l'avenir. Peu m'importait, puisque je n'étais pas exclue ; je les accompagnais partout et ils avaient tous deux trop bon cœur pour me tenir à l'écart. En outre, au bout de quelques jours, notre trio se transforma en quatuor.

*

À ce moment-là, Piers et moi étions encore sous le charme de la plage et de tout ce qu'elle avait à offrir : des kilomètres de rivage, constitué d'un mélange de terre et de sable, hérissé de rochers bruns qui poussaient comme des végétaux vivants, une grève entrecoupée de pins parasols au tronc violacé. Bien que la marée fût presque inexistante, la mer était propre, et à l'endroit où elle venait lécher le sable, il n'y avait ni mousse ni détritus, seulement une mince écume gazeuse qui se dissolvait instantanément dans la limpidité de l'eau azurée.

And under the water lay the undisturbed marine life, the bladder weed, the green sea grass and the weed-like trees of pleated brown silk, between whose branches swam small black and silver fish, sea anemones with pulsating whiskered mouths, creatures sheathed in pink shells moving slowly across the frondy seabed.

We walked in the water, picking up treasures too numerous to carry home. With Rosario we rounded the cape to discover the other hitherto invisible side, and in places where the sand ceased, we swam. The yellow turf and the myrtle bushes and the thyme and rosemary ran right down to the sand, but where the land met the sea it erupted into dramatic rocks, the colour of a snail's shell and fantastically shaped. We scaled them and penetrated the caves that pocked the cliffs, finding nothing inside but dry dust and a salty smell and, in the largest, the skull of a goat.

After three days spent like this, unwilling as yet to explore further, we made our way in the opposite direction, towards the harbour and the village where the little fishing fleet was beached. The harbour was enclosed with walls of limestone built in a horseshoe shape, and at the end of the right arm stood the statue of the Virgin, looking out to sea, her own arms held out, as if to embrace the world.

Et ces profondeurs abritaient toute une vie aquatique que rien ne venait déranger, des aérocystes, des ruppelles vertes, des algues géantes aux plis de soie brune, entre lesquelles évoluaient de petits poissons noir et argent, des anémones de mer avec leur bouche moustachue et frémissante, des créatures nichées dans des coquillages roses qui se mouvaient avec lenteur sur les fonds herbeux.

En marchant dans l'eau, nous récoltions des trésors trop nombreux pour qu'on pût les rapporter à la maison. Sous la conduite de Rosario, nous étions partis à la découverte de l'autre face du cap, inconnu jusque-là, et quand la plage s'effaçait, il fallait continuer à la nage. L'herbe jaunie, les touffes de myrte, de thym et de romarin descendaient jusqu'au rivage, mais aux endroits où la terre rencontrait la mer se produisait une fantastique explosion de rochers surprenants, couleur de coquille d'escargot. Nous les avions escaladés et étions entrés dans les grottes qui trouaient les falaises, sans y trouver autre chose que de la poussière desséchée, une odeur de sel et, dans la plus vaste, un crâne de chèvre.

Au bout de trois jours, après avoir décidé de ne pas aller plus loin pour le moment, nous partîmes dans l'autre direction, du côté du port et du village, là où était échouée la flottille des bateaux de pêche. Des digues de calcaire en forme de fer à cheval abritaient le port et, à l'extrémité de la jetée de droite, s'élevait une statue de la Vierge, le regard tourné vers la mer et les bras tendus comme pour étreindre l'univers.

The harbour's arms rose some eight feet out of the sea, and on the left one, opposite *Nuestra Doña*, sat a boy, his legs dangling over the wall. We were swimming, obliged to swim for the water was very deep here, the clear but marbled dark green of malachite. Above us the sky was a hot shimmering silvery-blue and the sun seemed to have a palpable touch. We swam in a wide slow circle and the boy watched us.

You could see he was not Mallorquin. He had a pale freckled face and red hair. Today, I think, I would say Will has the look of a Scotsman, the bony, earnest, clever face, the pale blue staring eyes, although in fact he was born in Bedford of London-born parents. I know him still. That is a great understatement. I should have said that he is still my friend, although the truth is I have never entirely liked him, I have always suspected him of things I find hard to put into words. Of some kind of trickery perhaps, of having deep-laid plans, of using me. Ten years ago when he caused me one of the greatest surprises of my life by asking me to marry him, I knew as soon as I had recovered it was not love that had made him ask.

In those days, in Majorca, Will was just a boy on the watch for companions of his own age.

Ces digues étaient hautes de deux mètres cinquante environ et, sur celle de gauche, en face de *Nuestra Doña*, un garçon était assis, les jambes pendantes. Nous nagions — nous étions obligés de nager car il y avait beaucoup de fond à cet endroit-là — dans une eau limpide, marbrée de vert foncé, semblable à de la malachite. Au-dessus de nous, le ciel d'un bleu argenté miroitait dans la chaleur, et le soleil avait un aspect palpable. Nous nagions en décrivant un grand cercle paresseux, et le garçon nous regardait.

On voyait tout de suite que ce n'était pas un autochtone. Il avait le teint pâle, des tâches de son et des cheveux roux. Aujourd'hui, je dirais, me semble-t-il, qu'avec son visage anguleux, sérieux et intelligent, son regard attentif, bleu délavé, Will avait l'air d'un Écossais, bien qu'il fût né à Bedford, de parents londoniens. Nous nous fréquentons toujours. Enfin, c'est une litote. Il serait plus exact de dire que nous sommes toujours amis, bien qu'à la vérité, il ne m'ait jamais totalement plu. Dès le début je l'ai soupçonné de choses difficiles à définir par des mots. D'une certaine hypocrisie peut-être, d'avoir des idées derrière la tête, de se servir de moi. Il y a dix ans, le jour où il m'a causé l'une des plus grandes surprises de mon existence en me demandant en mariage, j'ai compris, aussitôt passé le premier moment de stupeur, que ce n'était pas l'amour qui motivait sa proposition.

Mais à cette époque, à Majorque, Will n'était qu'un adolescent à la recherche de camarades de son âge.

An only child, he was on holiday with his parents and he was lonely. It was Piers who spoke to him. This was typical of Piers, always friendly, warm-hearted, with no shyness in him. We girls, if we had been alone, would probably have made no approaches, would have reacted to the watchful gaze of this boy on the wall by cavorting in the water, turning somersaults, perfecting our butter-fly stroke and other hydrobatics. We would have *performed* for him, like young female animals under the male eye, and when the display was over have swum away.

Contingency has been called the central principle of all history. One thing leads to another. Or one thing does not lead to another because something else happens to prevent it. Perhaps, in the light of what was to come, it would have been better for all if Piers had not spoken. We would never have come to the *Casita de Golondro*, so the things which happened there would not have happened, and when we left the island to go home we would all have left. If Piers had been less than he was, a little colder, a little more reserved, more like me. If we had all been careful not to look in the boy's direction but had swum within the harbour enclosure with eyes averted, talking perhaps more loudly to each other and laughing more freely in the way people do when they want to make it plain they need no one else, another will not be welcome.

Enfant unique en vacances avec ses parents, il s'ennuyait. Naturellement, ce fut Piers, comme toujours cordial, chaleureux et dépourvu de toute timidité, qui engagea la conversation. Si nous avions été seules, Rosario et moi, nous ne lui aurions sans doute pas tendu la perche et aurions répondu au regard attentif de ce garçon assis sur la jetée par des culbutes, des cabrioles, des démonstrations de nage papillon et autres acrobaties aquatiques. Nous lui aurions offert un *spectacle*, telles de jeunes femelles animales sous les yeux du mâle ; puis l'exhibition terminée, nous nous serions éloignées.

On dit que le hasard est le principe essentiel de toutes les histoires. Une chose en entraîne une autre. Ou bien une chose n'en entraîne pas une autre, parce qu'un fait nouveau est survenu pour l'empêcher. À la lumière de ce qui s'est passé ensuite, peut-être aurait-il mieux valu que Piers ne lui ait jamais adressé la parole. Nous ne serions jamais allés à la *Casita de Golondro*, ce qui s'y produisit ne se serait pas produit et nous serions rentrés chez nous au complet. Si Piers avait été un peu moins ce qu'il était, un peu distant, un peu plus réservé, un peu plus comme moi. Si nous nous étions efforcés de ne pas regarder dans la direction de ce garçon et que nous avions continué à nager dans l'enceinte du port en détournant les yeux, en parlant peut-être un peu plus fort et en riant plus ouvertement, à la manière des gens qui veulent montrer qu'ils n'ont besoin de personne d'autre, et que toute autre personne serait importune.

Certain it is that the lives of all of us were utterly changed, then and now, because Piers, swimming close up to the wall, holding up his arm in a salute, called out,

"Hallo. You're English, aren't you? Are you staying at the hotel?"

The boy nodded but said nothing. He took off his shirt and his canvas shoes. He stood up and removed his long trousers, folded up his clothes and laid them in a pile on the wall with his shoes on top of them. His body was thin and white as a peeled twig. He wore black swimming trunks. We were all swimming around watching him. We knew he was coming in but I think we expected him to hold his nose and jump in with the maximum of splashing. Instead, he executed a perfect dive, his body passing into the water as cleanly as a knife plunged into a pool.

Of course it was done to impress us, it was "showing off". But we didn't mind. We *were* impressed and we congratulated him. Rosario, treading water, clapped her hands. Will had broken the ice as skilfully as his dive had split the surface of the water.

He would swim back with us, he liked "that end" of the beach.

"What about your clothes?" said Piers.

"My mother will find them and take them in." He spoke indifferently, in the tone of the spoiled only child whose parents wait on him like servants.

Il est certain que le cours de notre vie à tous les quatre aurait été profondément modifié si Piers s'était tu, au lieu de s'approcher de la digue et d'agiter le bras, en criant :

« Salut. Tu es anglais, toi aussi, non ? Tu habites à l'hôtel ? »

Le garçon hocha la tête sans rien dire. Il ôta sa chemise et ses espadrilles. Il se leva, retira son pantalon, plia ses vêtements et les empila sur le mur, avec ses chaussures par-dessus. Il avait le corps mince et blanc comme une branche dont on a enlevé l'écorce. Il portait un caleçon de bain noir. Nous nagions tous les trois en rond, les yeux fixés sur lui. Nous savions qu'il allait venir nous rejoindre, mais je crois que nous pensions tous qu'il se pincerait le nez et sauterait en faisant le maximum d'éclaboussures. Au lieu de cela, il exécuta un plongeon parfait et son corps pénétra dans l'eau avec la netteté d'un couteau.

Il cherchait à nous impressionner, bien entendu, à nous faire de « l'épate ». Nous ne lui en voulûmes pas. Nous *fûmes* impressionnés et nous le félicitâmes. Debout dans l'eau, Rosario applaudit. Will venait de rompre la glace avec autant de maîtrise que son plongeon avait fendu la surface des flots.

Il nous annonça qu'il rentrerait à la nage avec nous. Il aimait bien « ce coin » de la plage.

« Et tes affaires ? demanda Piers.

— Ma mère les verra et elle les prendra », dit-il négligemment, de ce ton des enfants uniques et gâtés, qui sont dorlotés par leurs parents.

"She makes me wear a shirt and long trousers all the time," he said, "because I burn. I turn red like a lobster. I haven't got as many skins as other people."

I was taken aback until Piers told me later that everyone has the same number of layers of skin. It is a question not of density but of pigment. Later on, when we were less devoted to the beach and began investigating the hinterland, Will often wore a hat, a big wide-brimmed affair of woven grass. He enjoyed wrapping up, the look it gave him of an old-fashioned adult. He was tall for his age which was the same as mine, very thin and bony and long-necked.

We swam back to our beach and sat on the rocks, in the shade of a pine tree for Will's sake. He was careful, fussy even, to see that no dappling of light reached him. This, he told us, was his second visit to Llosar. His parents and he had come the previous year and he remembered seeing Rosario before. It seemed to me that when he said this he gave her a strange look, sidelong, rather intimate, mysterious, as if he knew things about her we did not. All is discovered, it implied, and retribution may or may not come. There was no foundation for this, none at all. Rosario had done nothing to feel guilt about, had no secret to be unearthed.

« Elle m'oblige à garder tout le temps ma chemise et mon pantalon, parce que j'attrape des coups de soleil. Je deviens rouge comme un homard. J'ai moins de peaux que les autres. »

J'en restai ébahie jusqu'à ce que Piers m'explique plus tard que les êtres humains ont tous la même quantité de couches de peau. C'est une question non pas d'épaisseur, mais de pigmentation. Par la suite, quand notre engouement pour la plage se serait refroidi et que nous entreprendrions d'explorer l'arrière-pays, Will porterait souvent un grand chapeau de raphia à larges bords. Il aimait bien s'emmitoufler et se donner ainsi une allure d'adulte suranné. Grand pour son âge — il avait le même âge que moi —, il était maigre, efflanqué, avec un long cou.

Après avoir regagné le rivage à la nage, nous nous assîmes sur les rochers, à l'ombre d'un pin pour préserver Will. Il veillait avec un soin infini à ce qu'aucune tache de lumière ne l'atteigne. C'était la deuxième fois, nous dit-il, qu'il venait à Llosar. Il y avait séjourné avec ses parents l'année précédente et se souvenait d'avoir vu Rosario. Il me sembla qu'en disant cela, il lui avait jeté un étrange regard oblique, complice et mystérieux, comme s'il savait sur elle des choses que nous ignorions. Ce regard semblait dire : « Tout est découvert et nul ne sait si châtiment surviendra. » C'était une impression qui ne reposait sur rien. Rosario n'avait aucune raison de se sentir coupable, elle n'avait rien à cacher.

I noticed later he did it to a lot of people and it disconcerted them. Now, after so long, I see it as a blackmailer's look, although Will as far as I know has never demanded money with menaces from anyone.

"What else do you do?" he said. "Apart from swimming?"

Nothing, we said, not yet anyway. Rosario looked defensive. After all, she almost lived here and Will's assumed sophistication was an affront to her. Has she not only three days before told us of the hundred things there were to do?

"They have bullfights sometimes," Will said. "They're in Palma on Sunday evenings. My parents went last year but I didn't. I faint at the sight of blood. Then there are the Dragon Caves."

"*Las Cuevas del Drach*," said Rosario.

"That's what I said, the Dragon Caves. And there are lots of other caves in the west." Will hesitated. Brooding on what possibly was forbidden or frowned on, he looked up and said in the way that even then I thought of as sly, "We could go to the haunted house."

"The haunted house?" said Piers, sounding amused. "Where's that?"

Rosario said without smiling, "He means the *Casita de Golondro*."

Par la suite je me suis rendu compte qu'il agissait souvent ainsi et que cela décontenançait tout le monde. Aujourd'hui, si longtemps après, je reconnais là le regard du maître chanteur, même si Will n'a jamais cherché, pour autant que je le sache, à extorquer par la menace de l'argent à qui que ce soit.

«Qu'est-ce que vous faites, à part nager?» demanda-t-il.

Rien, lui répondit-on. En tout cas, pour l'instant. Rosario semblait sur la défensive. Elle était presque du pays, après tout, et l'attitude de Will, avec son air de tout savoir, était vexante pour elle. Ne nous avait-elle pas énuméré, trois jours plus tôt, les centaines de choses qu'il y avait à faire ici?

«Il y a parfois des courses de taureaux, annonça Will. À Palma, le dimanche après-midi. Mes parents y sont allés l'an dernier, mais pas moi. À la vue du sang, je tourne de l'œil. Et puis il y a aussi les Grottes du Dragon.

— *Las Cuevas del Drach*, rectifia Rosario.

— C'est ce que j'ai dit, les Grottes du Dragon. Et il y en a plein d'autres, à l'ouest.» Will hésitait. Songeant à des choses qui étaient peut-être interdites ou déconseillées, il nous regarda et dit d'un air que même à l'époque j'avais trouvé sournois : «On pourrait aller voir la maison hantée.

— La maison hantée? répéta Piers, amusé. Où est-elle?

— Il parle de la *Casita de Golondro*, expliqua Rosario, sans sourire.

"I don't know what it's called. It's on the road to Pollença — well, in the country near that road. The village people say it's haunted."

Rosario was getting cross. She was always blunt, plain-spoken. It was not her way to hide even for a moment what she felt. "How do you know what they say? Do you speak Spanish? No, I thought not. You mean it is the man who has the hotel that told you. He will say anything. He told my mother he has seen a whale up close near Cabo del Pinar."

"Is it supposed to be haunted, Rosario?" said my brother.

She shrugged. "Ghosts," she said, "are not true. They don't happen. Catholics don't believe in ghosts, they're not supposed to. Father Xaviere would be very angry with me if he knew I talked about ghosts." It was unusual for Rosario to mention her religion. I saw the look of surprise on Piers's face. "Do you know it's one-thirty?" she said to Will, who had of course left his watch behind with his clothes. "You will be late for you lunch and so will we." Rosario and my brother had already begun to enjoy their particular rapport. They communicated even at this early stage of their relationship by a glance, a movement of the hand. Some sign he made, perhaps involuntary and certainly unnoticed by me, seemed to check her. She lifted her shoulders again, said, "Later on, we shall go to the village, to the lace shop. Do you like to come too?"

82

— Je ne connais pas son nom. Elle se trouve sur la route de Pollença… enfin, dans les parages. Les gens du village disent qu'elle est hantée. »

Rosario commençait à s'énerver. Elle était toujours très directe. Elle n'avait pas l'habitude de dissimuler, ne serait-ce qu'un instant, ce qu'elle pensait. « Comment peux-tu savoir ce qu'ils disent ? Tu parles espagnol ? Non, c'est bien ce qui me semblait. C'est plutôt le patron de l'hôtel qui te l'a dit. Il dit n'importe quoi. Il a raconté à ma mère qu'il avait vu une baleine tout près du Cabo del Pinar.

— Est-ce qu'elle a vraiment la réputation d'être hantée, Rosario ? demanda mon frère.

— Les fantômes n'existent pas, répliqua-t-elle en haussant les épaules. Les catholiques ne croient pas aux esprits ; ils sont censés ne pas y croire. Le père Xaviere serait furieux s'il m'entendait parler de ça. » Rosario évoquait rarement sa religion et je vis une lueur de surprise passer sur le visage de Piers. « Tu sais qu'il est une heure et demie, dit-elle à Will qui avait évidemment laissé sa montre dans ses vêtements. Tu vas être en retard pour le déjeuner, et nous aussi. » Rosario et mon frère avaient déjà commencé à entretenir des rapports privilégiés. Eux qui se connaissaient depuis si peu de temps, ils communiquaient sans peine par un regard, un geste de la main. D'un signe, involontaire peut-être, et qui en tout cas m'échappa, il dut la calmer. Elle haussa de nouveau les épaules et reprit : « Tout à l'heure nous irons au village, au magasin de dentelles. Est-ce que tu veux venir avec nous ? »

She added, with a spark of irony, her head tilted to one side, "The sun will be going down, not to burn your poor skin that is so thin."

The lace-makers were producing an elaborate counterpane for Rosario's mother. It had occurred to her that we might like to spend half an hour watching these women at work. We walked down there at about five, calling for Will at the hotel on the way. He was sitting by himself on the terrace, under its roof of woven vine branches. Four women, one of whom we later learned was his mother, sat at the only other occupied table, playing bridge. Will was wearing a clean shirt, clean long trousers and his grass hat, and as he came to join us he called out to his mother in a way that seemed strange to me because we had only just met, strange but oddly endearing,

"My friends are here. See you later."

Will is not like me, crippled by fear of a snub, by fear of being thought forward or pushy, but he lives in the same dread of rejection. He longs to "belong". His dream is to be a member of some inner circle, honoured and loved by his fellows, privileged to share knowledge of a secret password.

Puis elle ajouta, avec un soupçon d'ironie, la tête inclinée sur le côté : «Le soleil sera moins haut et il ne pourra plus brûler ta pauvre peau, si mince. »

Les dentellières étaient en train de confectionner un superbe couvre-lit pour sa mère, et elle avait pensé que cela pourrait nous intéresser de passer une demi-heure à les voir travailler. Nous y allâmes vers cinq heures et, au passage, nous prîmes Will à son hôtel. Il était assis, tout seul, sur la terrasse, à l'ombre d'une treille aux sarments entrelacés. Une seule autre table était occupée, par quatre femmes, dont l'une était sa mère, ainsi que nous devions l'apprendre par la suite, qui jouaient au bridge. Will avait mis une chemise et un pantalon propres, et il portait son chapeau de raphia sur la tête. Tout en se levant pour venir nous rejoindre, il s'adressa à sa mère d'une façon qui me sembla bizarre, étant donné que nous venions à peine de faire sa connaissance, bizarre, mais curieusement touchante :

« Mes amis sont là. À tout à l'heure. »

Contrairement à moi, Will n'est pas paralysé par la hantise d'une rebuffade, par la crainte qu'on ne le trouve importun ou insolent, mais il vit dans la même terreur d'être rejeté. Il aspire à «s'intégrer*». Son rêve est de faire partie d'une coterie très fermée, dont les membres l'aimeraient et le respecteraient, et de partager avec eux la connaissance d'un mot de passe secret.

* Jeu de mot sur *to long*, avoir très envie, et *to belong*, être d'un endroit, appartenir à un pays, un groupe.

He once told me, in an unusual burst of confidence, that when he heard someone he knew refer to him in conversation as "my friend", tears of happiness came into his eyes.

While we were at the lacemakers' and afterwards on the beach at sunset he said no more about the *Casita de Golondro*, but that night, sitting on the terrace at the back of the house, Rosario told us its story. The nights at Llosar were warm and the air was velvety. Mosquitos there must have been, for we all had nets over our beds, but I only remember seeing one or two. I remember the quietness, the dark blue clear sky and the brilliance of the stars. The landscape could not be seen, only an outline of dark hills with here and there a tiny light glittering. The moon, that night, was increasing towards the full, was melon-shaped and melon-coloured.

The others sat in deckchairs, almost the only kind of "garden furniture" anyone had in those days and which, today, you never see. I was in the hammock, a length of faded canvas suspended between one of the veranda pillars and a cypress tree. My brother was looking at Rosario in a peculiarly intense way. I think I remember such a lot about that evening because that look of his so impressed me. It was as if he had never seen a girl before. Or so I think now. I doubt if I thought about it in that way when I was thirteen. It embarrassed me then, the way he stared.

Un jour qu'il était en veine de confidence, il m'a raconté qu'ayant entendu, au cours d'une conversation, quelqu'un dire « mon ami » en parlant de lui, des larmes de joie lui étaient montées aux yeux.

Pas plus chez les dentellières que sur la plage, au moment du crépuscule, il ne reparla de la *Casita de Golondro*, mais le soir, sur la terrasse, derrière la maison, Rosario nous en conta l'histoire. Les nuits de Llosar étaient tièdes et l'air velouté. Sans doute y avait-il des moustiques, puisque nos lits étaient protégés par des pans de tulle, mais je ne me rappelle pas en avoir vu plus d'un ou deux. Je me souviens du silence, de la pureté du ciel bleu foncé, de l'éclat des étoiles. Du paysage, on ne distinguait que la silhouette sombre des collines, avec çà et là une toute petite lumière qui scintillait. Cette nuit-là, la lune, presque pleine, avait la forme et la couleur d'un melon.

Les autres étaient assis dans des transatlantiques, quasiment les seuls « meubles de jardin » que tout un chacun avait à l'époque et qu'on ne voit plus aujourd'hui. Moi, j'étais allongée dans un hamac de toile fanée, tendu entre un cyprès et un pilier de la véranda. Mon frère regardait Rosario avec une expression particulièrement intense. Je crois que si je me souviens aussi bien de cette soirée, c'est parce que ce regard m'avait frappée. On aurait dit qu'il n'avait jamais vu une fille. C'est du moins ce que je pense aujourd'hui, car je ne crois pas m'être fait cette réflexion à treize ans. Cela m'avait gênée, cette façon qu'il avait de la dévisager.

She was talking about the *Casita* and he was watching her, but when she looked at him, he smiled and turned his eyes away.

Her unwillingness to talk of ghosts on religious grounds seemed to be gone. It was hard not to make the connection and conclude it had disappeared with Will's return to the hotel. "You could see the trees around the house from here," she said, "if it wasn't night," and she pointed through the darkness to the south-west where the mountains began. "*Casita* means 'little house' but it is quite big and it is very old. At the front is a big door and at the back, I don't know what you call them, arches and pillars."

"A cloister?" said Piers.

"Yes, perhaps. Thank you. And there is a big garden with a wall around it and gates made of iron. The garden is all trees and bushes, grown over with them, and the wall is broken, so this is how I have seen the back with the word you said, the cloisters."

"But no one lives there?"

"No one has ever lived there that I know. But someone owns it, it is someone's house, though they never come. It is all locked up. Now Will is saying what the village people say but Will *does not know* what they say. There are not ghosts, I mean there are not dead people who come back, just a bad room in the house you must not go in."

Elle parlait de la *Casita* et il ne la quittait pas du regard, mais quand elle levait les yeux sur lui, il souriait en détournant les siens.

Ses réticences à parler des fantômes, à cause de sa religion, semblaient s'être dissipées. Comment ne pas constater que ce revirement avait coïncidé avec le retour de Will à son hôtel ? « S'il ne faisait pas nuit, on pourrait voir d'ici les arbres qui entourent la maison », dit-elle en montrant les ténèbres en direction du sud-ouest, là où se profilaient les montagnes. « *Casita* veut dire "petite maison", pourtant elle est très grande et très ancienne. Sur le devant, il y a une grande porte et, derrière… je ne sais pas comment vous appelez ça… des arches et des piliers.

— Des arcades, peut-être, proposa Piers.

— Oui, peut-être. Merci. Il y a aussi un immense jardin entouré d'un mur, avec un portail en fer. Il est à l'abandon ; il est envahi d'arbres et de broussailles ; le mur est démoli, voilà comment j'ai pu voir ce que tu as dit… les arcades.

— Et personne n'y habite ?

— À ma connaissance, personne n'y a jamais habité. Pourtant elle a un propriétaire, elle appartient à quelqu'un, mais il n'y vient jamais personne. Elle est complètement fermée. Will répète ce que disent les gens du village, mais Will *ne sait pas* ce qu'ils disent. Il n'y a pas de fantômes, enfin pas de morts qui reviennent, mais seulement une pièce mauvaise où il ne faut pas entrer. »

Of course we were both excited, Piers and I, by that last phrase, made all the more enticing by being couched in English that was not quite idiomatic. But what returns to me most powerfully now are Rosario's preceding words about dead people who come back. It is a line from the past, long-forgotten, which itself "came back" when some string in my memory was painfully plucked. I find myself repeating it silently, like a mantra, or like one of the prayers from that rosary for which she was named. Dead people who come back, lost people who are raised from the dead, the dead who return at last.

On that evening, as I have said, the words which followed that prophetic phrase affected us most. Piers at once asked about the "bad" room but Rosario, in the finest tradition of tellers of ghost stories, did not admit to knowing precisely which room it was. People who talked about it said the visitor knows. The room would declare itself.

"They say that those who go into the room never come out again."

We were suitably impressed. "Do you mean they disappear, Rosario?" asked my brother.

"I don't know. I cannot tell you. People don't see them again — that is what they say."

"But it's a big house, you said. There must be a lot of rooms.

Ces derniers mots excitèrent bien sûr notre intérêt à Piers et à moi, d'autant plus qu'ils étaient formulés dans une langue un peu maladroite qui les rendait encore plus alléchants. Mais ce dont je me souviens aujourd'hui avec le plus d'acuité, c'est de ce qu'avait dit Rosario, juste avant, à propos des morts qui reviennent. Ce sont des mots du passé, oubliés depuis longtemps, qui «reviendraient» eux aussi, quand une corde de ma mémoire se trouverait douloureusement pincée. Je me surprends parfois à les réciter silencieusement, ainsi qu'un mantra ou une prière de ce rosaire d'où elle tenait son nom. Des morts qui reviennent, des disparus qui se dressent d'entre les morts, des morts qui réapparaissent enfin.

Mais ce soir-là, comme je l'ai dit, ce furent les paroles qui suivirent cette remarque prophétique qui nous frappèrent le plus. Aussitôt, Piers lui posa des questions au sujet de la «mauvaise» pièce mais, obéissant à la grande tradition des conteurs d'histoires de fantômes, Rosario déclara ignorer de quelle pièce il s'agissait exactement. On disait que celui qui y entrait savait. La pièce se révélait d'elle-même.

«Il paraît que ceux qui entrent dans cette pièce n'en ressortent jamais.»

Cela ne manqua pas de faire impression sur nous. «Tu veux dire qu'ils disparaissent, Rosario? demanda mon frère.

— Je ne sais pas. Je ne peux pas te le dire. On ne les revoit plus… voilà ce qu'on dit.

— Mais tu dis que c'est une grande maison. Il doit y avoir des quantités de pièces.

If you knew which was the haunted room you could simply avoid it, couldn't you?"

Rosario laughed. I don't think she ever believed any of it or was ever afraid. "Perhaps you don't know until you are in this room and then it is too late. How do you like that?"

"Very much," said Piers. "It's wonderfully sinister. Has anyone ever disappeared?"

"The cousin of Carmela Valdez disappeared. They say he broke a window and got in because there were things to steal, he was very bad, he did not work." She sought for a suitable phrase and brought it out slightly wrong. "The black goat of the family." Rosario was justly proud of her English and only looked smug when we laughed at her. Perhaps she could already hear the admiration in Piers's laughter. "He disappeared, it is true, but only to a prison in Barcelona, I think."

The meaning of *golondro* she refused to tell Piers. He must look it up. That way he would be more likely to remember it. Piers went to find the dictionary he and Rosario would use and there it was : a whim, a desire.

"The little house of desire," said Piers. "You can't imagine an English house called that, can you?"

My mother came out then with supper for us and cold drinks on a tray.

Si on savait laquelle est hantée, il suffirait de ne pas y entrer, tout simplement, tu ne crois pas ? »

Rosario rit. À mon avis, elle ne croyait pas un mot de toutes ces histoires qui ne lui avaient jamais fait peur. « On ne s'en aperçoit peut-être qu'une fois qu'on est à l'intérieur, quand c'est trop tard. Ça te va ?

— Parfaitement. C'est sinistre à souhait. On connaît des gens qui ont disparu ?

— Oui, le cousin de Carmela Valdez. Il paraît qu'il est entré en cassant un carreau, parce qu'il y avait des choses à voler. C'était un bon à rien, il ne travaillait pas. » Elle chercha une expression appropriée, mais l'estropia légèrement. « La chèvre galeuse de la famille. » Rosario était fière, et à juste titre, de son anglais ; aussi, en nous entendant rire, elle eut seulement l'air satisfait. Peut-être percevait-elle déjà de l'admiration dans le rire de Piers. « Il a disparu, en effet, mais derrière des barreaux, à Barcelone, j'imagine », précisa-t-elle.

Elle refusa de donner à Piers la signification du mot *golondro*. Qu'il cherche donc lui-même. De la sorte il s'en souviendrait mieux. Piers revint avec le dictionnaire qui devait leur servir pour les leçons, et y trouva la définition suivante : caprice, désir.

« La petite maison du désir, déclara Piers. Peut-on imaginer une maison en Angleterre qui s'appellerait ainsi ? »

Ma mère arriva, apportant le dîner et des boissons fraîches sur un plateau.

No more was said about the *Casita* that night and the subject was not raised again for a while. Next day Piers began his Spanish lessons with Rosario. We always stayed indoors for a few hours after lunch, siesta time, the heat being too fierce for comfort between two and four. But adolescents can't sleep in the daytime. I would wander about, fretting for the magic hour of four to come round. I read or wrote in the diary I was keeping or gazed from my bedroom window across the yellow hills with their crowns of grey olives and their embroidery of bay and juniper, like dark upright stitches on a tapestry, and now I knew of its existence, speculated about the location of the house with the sinister room in it.

Piers and Rosario took over the cool white dining room with its furnishings of dark carved wood for their daily lesson. They had imposed no embargo on others entering. Humbly, they perhaps felt that what they were doing was hardly important enough for that, and my mother would go in to sit at the desk and write a letter while Concepçion, who cleaned and cooked for us, would put silver away in one of the drawers of the press or cover the table with a clean lace cloth. I wandered in and out, listening not to Rosario's words but to her patient tone and scholarly manner.

Ce soir-là il ne fut plus question de la *Casita* et, pendant quelque temps, on n'en reparla plus. Le lendemain, Piers commença à prendre des cours d'espagnol avec Rosario. Après le déjeuner, comme il faisait trop chaud, nous restions à l'intérieur pendant deux ou trois heures, au moment de la sieste. Mais les adolescents sont incapables de dormir pendant la journée. Je déambulais donc à travers la maison, attendant avec impatience l'instant magique où sonnaient quatre heures. Je lisais, j'écrivais mon journal ou bien, par la fenêtre de ma chambre, je contemplais les collines jaunes couronnées d'oliviers gris, avec leurs broderies de lauriers et de genévriers, semblables aux grands points noirs d'une tapisserie ; et puis, maintenant que je connaissais son existence, j'essayais de deviner l'emplacement de la maison à la pièce maléfique.

Pour leur leçon quotidienne, Piers et Rosario prirent possession de la salle à manger, blanche et fraîche, avec son mobilier sombre, en bois sculpté. Ils n'en interdisaient l'entrée à personne. Sans doute estimaient-ils humblement que l'activité à laquelle ils se livraient n'était pas suffisamment importante pour qu'ils exigent de ne pas être dérangés et, souvent, ma mère arrivait et s'asseyait au bureau pour écrire une lettre, pendant que Concepçíon, la femme chargée du ménage et de la cuisine, rangeait l'argenterie dans un tiroir du buffet ou recouvrait la table d'une nappe en dentelle propre. J'entrais et sortais, attentive non point aux paroles de Rosario, mais à son ton patient de pédagogue.

Once I saw her correct Piers's pronunciation by placing a finger on his lips. She laid on his lips the finger on which she wore a ring with two tiny turquoises in a gold setting, holding it there as if to model his mouth round the soft guttural. And I saw them close together, side by side, my brother's smooth dark head, so elegantly shaped, Rosario's crown of red-brown hair, flowing over her shoulders, a cloak of it, that always seemed to me like a cape of polished wood, with the depth and grain and gleam of wood, as if she were a nymph carved from the trunk of a tree.

So they were together every afternoon, growing closer, and when the lesson was over and we emerged all three of us into the afternoon sunshine, the beach or the village or to find Will by the hotel, they spoke to each other in Spanish, a communication from which we were excluded. She must have been a good teacher and my brother an enthusiastic pupil, for he who confessed himself bad at languages learned fast. Within a week he was chattering Spanish, although how idiomatically I never knew. He and Rosario talked and laughed in their own world, a world that was all the more delightful to my brother because he had not thought he would ever be admitted to it.

I have made it sound bad for me, but it was not so bad as that. Piers was not selfish, he was never cruel.

Un jour, je la vis corriger la prononciation de Piers en lui mettant un doigt sur les lèvres, le doigt auquel elle portait une bague composée de deux minuscules turquoises, montées sur un anneau d'or. Elle l'avait posé là, comme pour modeler sa bouche autour du son doux et guttural. Ils étaient assis côte à côte, tout près l'un de l'autre, la belle tête brune et lisse de mon frère frôlant la chevelure cuivrée de Rosario, laquelle retombait sur ses épaules ainsi qu'une mantille, me faisant invariablement penser à une cape de bois ciré, dont elle possédait l'épaisseur, le lustre et le grain, lui donnant l'aspect d'une nymphe sculptée dans un tronc d'arbre.

À passer tous leurs après-midi ensemble, leur intimité grandissait; après la leçon, quand nous sortions tous les trois dans le soleil, pour aller à la plage, au village ou encore pour chercher Will à son hôtel, ils se parlaient en espagnol et nous étions exclus de leur conversation. Elle devait être bon professeur, et lui un élève zélé, car malgré son prétendu manque de dons pour les langues, il faisait de rapides progrès. Au bout d'une semaine, il discourait déjà en espagnol, mais je ne pouvais évidemment pas juger de la qualité de sa syntaxe. Ensemble, ils discutaient et riaient, dans un monde à eux, un monde d'autant plus délicieux pour mon frère qu'il n'avait jamais pensé y être admis un jour.

À m'entendre, on pourrait s'imaginer que j'en souffrais, mais en réalité ce n'était pas si dramatique. Piers n'était pas égoïste et jamais cruel.

Of all those close to me only he ever understood my shyness and my fears, the door slammed in my face, the code into whose secrets, as in a bad dream, my companions have been initiated but I have not. Half an hour of Spanish conversation and he and Rosario remembered their manners, their duty to Will and me, and we were back to the language we all had in common. Only once did Will have occasion to say,

"We all speak English, don't we?"

It was clear, though, that Piers and Rosario had begun to see Will as there for me and themselves as there for each other. They passionately wanted to see things in this way, so very soon they did. All they wanted was to be alone together. I did not know this then, I would have hated to know it. I simply could not have understood, though now I do. My brother, falling in love, into first love, behaved heroically in including myself and Will, in being polite to us and kind and thoughtful. Between thirteen and sixteen a great gulf is fixed. I knew nothing of this but Piers did. He knew there was no bridge of understanding from the lower level to the upper, and accordingly he made his concessions.

Il était le seul dans mon entourage à avoir deviné ma timidité et mes angoisses, cette porte qu'on me claquait au nez, ce code secret dont, comme dans un mauvais rêve, on me refusait la clé, alors que les autres la possédaient. Quand ils avaient bavardé pendant une demi-heure en espagnol, leur bonne éducation reprenait le dessus, ils se rappelaient leurs devoirs envers Will et moi, et nous revenions à la langue qui nous était commune. Une seule fois, Will trouva l'occasion de remarquer :

« Tout le monde ici parle anglais, il me semble. »

Malgré tout, il était clair que Piers et Rosario commençaient à penser que Will était là pour moi, tandis qu'eux deux étaient là l'un pour l'autre. Ils désiraient passionnément qu'il en soit ainsi, et leur vœu ne tarda pas à se réaliser. Ils ne souhaitaient qu'une seule chose : être seuls tous les deux. Je ne m'en rendais pas compte, je n'aurais pas supporté de le savoir. Je n'étais pas capable de comprendre, tout simplement, mais maintenant, je comprends. Amoureux, et amoureux pour la première fois de sa vie, mon frère était héroïque de ne pas nous exclure, Will et moi, de rester poli, gentil et prévenant envers nous. Un abîme sépare les âges de treize et de seize ans. Je l'ignorais, mais Piers le savait. Il savait qu'aucune passerelle ne peut réunir le niveau inférieur au supérieur, aussi acceptait-il de faire les concessions nécessaires.

On the day after the jellyfish came and the beach ceased to be inviting, we found ourselves deprived, if only temporarily, of the principal source of our enjoyment of Llosar. On the wall of a bridge over a dried-up river we sat and contemplated the arid but beautiful interior, the ribbon of road that traversed the island to Palma and the side-track which led away from it to the northern cape.

"We could go and look at the little haunted house," said Will.

He said it mischievously to "get at" Rosario, whom he liked no more than she liked him. But instead of reacting with anger or with prohibition, she only smiled and said something in Spanish to my brother.

Piers said, "Why not?"

Le lendemain de l'invasion des méduses, la plage nous devint soudain inhospitalière et nous fûmes privés, du moins temporairement, de notre principale distraction à Llosar. Assis sur le muret d'un pont qui enjambait une rivière asséchée, nous regardions l'arrière-pays, aride mais superbe, le ruban de bitume qui traversait l'île en direction de Palma, et la petite route qui en partait pour aller vers le nord.

« Si on allait voir la petite maison hantée », dit Will.

Il avait lancé ça dans une intention un peu perverse, pour « embêter » Rosario, qu'il n'aimait pas davantage qu'elle ne l'aimait. Mais au lieu de se mettre en colère ou de refuser carrément, elle se contenta de sourire et dit quelque chose à mon frère, en espagnol.

« Pourquoi pas ? » fit alors Piers.

4

They were very beautiful, those jellyfish. Piers kept saying they were. I found them repulsive. Once, much later, when I saw one of the same species in a marine museum I felt sick. My throat closed up and seemed to stifle me, so that I had to leave. *Phylum cnidaria*, the medusa, the jellyfish. They are named for the Gorgon with her writhing snakes for hair, a glance at whose face turned men to stone.

Those which were washed up in their thousands on the shore at Llosar were of a glassy transparency the colour of an aquamarine, and from their umbrella-like bodies hung crystalline feelers or stems like stalactites. Or so they appeared when floating below the surface of the blue water. Cast adrift on the sand and rocks, they slumped into flat gelatinous plates, like collapsed blancmanges.

Qu'elles étaient belles ces méduses. En tout cas, aux yeux de Piers. Pour ma part, je les trouvais répugnantes. Un jour, bien plus tard, en en voyant une de la même espèce dans un musée océanographique, je me suis sentie mal. Ma gorge s'est nouée, j'étouffais et il m'a fallu sortir. *Phylum cnidaria*, méduse. Ces créatures tiennent leur nom de la Gorgone, dont la chevelure est constituée de serpents entrelacés et dont le regard suffit à vous transformer en pierre.

Celles qui étaient venues s'échouer par milliers sur la plage de Llosar étaient d'une transparence vitreuse, couleur d'aigue-marine, et de leur corps en forme d'ombrelle pendaient des tentacules cristallins, des sortes de pattes semblables à des stalactites. C'est du moins l'aspect qu'elles offraient quand elles flottaient sous la surface de l'eau bleue. Naufragées sur le sable et les rochers, elles se ratatinaient en disques aplatis et gélatineux, évoquant un entremets affaissé.

My kind brother, helped by Will, tried to return them to the water, to save them from the sun, but the creeping sea, although nearly tideless, kept washing them back. It was beyond my understanding that they could bear to touch that quivering clammy jelly. Rosario too held herself aloof, watching their efforts with a puzzled amusement.

By the following day a great stench rose from the beach where the sun had cooked the medusas and was now hastening the process of rot and destruction. We kept away. We walked to the village and from there took the road to Pollença which passed through apricot orchards and groves of almond trees. The apricots were drying on trays in the sun, in the heat which was heavy and unvarying from day to day. We had been in Llosar for two weeks and all that time we had never seen a cloud in the sky. Its blueness glowed with the hot light of an invisible sun. We only saw the sun when it set and dropped into the sea with a fizzle like red-hot iron plunged into water.

The road was shaded by the fruit trees and the bridge over the bed of the dried-up river, by the dense branches of pines. Here, where we rested and sat and surveyed the yellow hillsides and the olive groves, Will suggested we go to look at "the little haunted house" and my brother said, "Why not?"

Avec l'aide de Will, mon frère, qui avait bon cœur, s'acharna à les remettre à l'eau pour les sauver de la brûlure du soleil mais, bien que la marée fût à peu près nulle, la mer en montant les rejetait sans cesse sur la grève. Je ne parvenais pas à comprendre comment ils pouvaient toucher ces choses frémissantes et visqueuses. Rosario, qui se tenait à l'écart, elle aussi, les regardait faire avec une perplexité amusée.

Le lendemain, une atroce puanteur s'élevait de la plage, là où le soleil avait cuit les méduses, accélérant le processus de décomposition. Il n'était donc pas question d'y aller. Nous descendîmes au village et, de là, nous prîmes la route de Pollença qui traverse des vergers d'abricotiers et des plantations d'amandiers. Les abricots séchaient au soleil, sur des clayettes, sous une chaleur jour après jour aussi pesante. Depuis quinze jours que nous étions à Llosar, il n'y avait pas eu un seul nuage. Le bleu du ciel flamboyait dans la lumière caniculaire d'un soleil invisible. On ne le voyait en effet qu'au moment où il se couchait et basculait dans la mer en grésillant, comme du fer chauffé au rouge qu'on plonge dans l'eau.

La route était ombragée par les arbres fruitiers, et des branches de pins touffues abritaient le pont enjambant la rivière asséchée. C'est à cet endroit, pendant que nous nous reposions en contemplant les collines jaunes et les bosquets d'oliviers, que Will proposa d'aller voir « la petite maison hantée » et que mon frère répondit : « Pourquoi pas ? »

Rosario was smiling a small secret smile and as we began to walk on, Will and I went first and she and Piers followed behind.

It was not far to the *Casita de Golondro*. If it had been more than two kilometres, say, I doubt if even "mad tourists", as the village people called us, would have considered walking it in that heat. There was a bus which went to Palma but it had left long before we started out. Not a car passed us and no car overtook us. It is hard to believe that in Majorca today. Of course there were cars on the island. My parents had several times rented a car and a driver and two days afterwards we were all to be driven to the Dragon Caves. But motor transport was unusual, something to be stared at and commented upon. As we came to the side road which would lead to the *Casita*, an unmetalled track, a car did pass us, an aged Citroën, its black bodywork much scarred and splintered by rocks, but that was the only one we saw that day.

The little haunted house, the little house of a whim, of desire, was scarcely visible from this road. A dense concentrated growth of trees concealed it.

Rosario eut un petit sourire mystérieux, et nous repartîmes tous les quatre, Will et moi devant, elle et Piers derrière.

La *Casita de Golondro* n'était pas très loin. S'il y avait eu, mettons, plus de deux kilomètres, je doute que même des «fous de touristes», ainsi que nous appelaient les habitants du village, auraient songé à marcher dans une telle chaleur. Il y avait un car qui allait à Palma, mais il était parti depuis longtemps. Aussi incroyable que cela puisse paraître aujourd'hui, nous ne rencontrâmes pas une seule voiture ni dans un sens ni dans l'autre. Pourtant il y avait bien quelques automobiles sur l'île à l'époque; à plusieurs reprises, mes parents en avaient loué une, avec un chauffeur; le surlendemain nous avions d'ailleurs prévu d'aller tous ensemble en voiture visiter les Grottes du Dragon. Mais cela restait encore un moyen de transport peu habituel, et le passage d'une voiture suscitait toujours des commentaires. Toutefois, alors que nous arrivions au chemin de terre conduisant à la *Casita*, une auto nous dépassa, une antique Citroën noire, toute cabossée et éraflée, mais ce fut la seule que nous vîmes de toute la journée.

De la route, on distinguait à peine la petite maison hantée, la petite maison du caprice ou du désir. De nombreux arbres formaient un écran très dense autour d'elle.

This wood, composed of trees unknown to us, carob and holm oak and witches' pines, could be seen from Llosar, a dark opaque blot on the bleached yellows and greys, while the house could not. Even here the house could only be glimpsed between tree trunks, a segment of wall in faded ochreish plaster, a shallow roof of pantiles. The plastered wall which surrounded the land which Piers called the "demesne" was too high for any of us to see over, and our first sight of the *Casita* was through the broken bars and loops and curlicues of a pair of padlocked wrought iron gates.

We began to follow the wall along its course which soon left the road and climbed down the hillside among rocky outcroppings and stunted olive trees, herb bushes and myrtles, and in many places split open by a juniper pushing aside in its vigorous growth stones and mortar. If we had noticed the biggest of these fissures from the road we might have saved ourselves half a kilometre's walking. Only Rosario objected as Will began to climb through. She said something about our all being too old for this sort of thing but my brother's smile — she saw it too — told us how much this amused him. It was outside my understanding then but not now. You see, it was very unlike Piers to enter into an adventure of this kind. He really would have considered himself too old and too responsible as well.

Et si ce bois — composé d'arbres inconnus de nous, des caroubiers, des yeuses et des pinastres à sorcières — était visible de Llosar, d'où il apparaissait comme une tache sombre et opaque sur les jaunes et les gris décolorés, ce n'était pas le cas de la maison. Même d'où nous étions, c'est à peine si l'on pouvait apercevoir un pan de mur en crépi ocre ou un bout du toit de tuiles à travers la végétation. Le mur chaulé qui entourait ce que Piers avait baptisé «le domaine» était trop haut pour qu'aucun d'entre nous puisse voir pardessus, et ce fut à travers les barreaux cassés et les entrelacs du portail en fer forgé cadenassé que nous eûmes notre première vision de la *Casita*.

Nous longeâmes le mur qui, très vite, s'écartait du chemin pour descendre parmi de gros blocs, des oliviers rabougris, des broussailles, des myrtes et qui, en maints endroits, s'était écroulé sous la vigoureuse poussée d'un genévrier qui avait fait éclater la pierre et le mortier. Si depuis la route, nous avions pu repérer la plus importante de ces brèches, nous nous serions épargné un bon demi-kilomètre de marche. Seule Rosario émit une objection, quand Will voulut escalader le mur. Elle avança que nous avions passé l'âge de faire ce genre de choses, mais le sourire de mon frère — qui ne lui avait pas échappé — disait assez combien cette aventure l'amusait. À l'époque je n'en revenais pas, même si aujourd'hui je comprends. Car se lancer dans pareille aventure ne lui ressemblait absolument pas. En principe, il aurait dû s'estimer trop âgé pour cela, et aussi trop responsable.

He would have said a gentle "no" and firmly refused to discuss the venture again. But he had agreed and he had said, "Why not?" I believe it was because he saw the *Casita* as a place where he could be alone with Rosario.

Oh, not for a sexual purpose, for making love, that is not what I mean. He would not, surely, at that time, at that stage of their relationship, have thought in those terms. But only think, as things were, what few opportunities he had even to talk to her without others being there. Even their afternoon Spanish lessons were subject to constant interruption. Wherever they went I or Will and I went with them. On the veranda, in the evenings, I was with them. It would not have occurred to me not to be with them and would have caused me bitter hurt, as my brother knew, if the most tactful hint was dropped that I might leave them on their own. I think it must be faced too that my parents would not at all have liked the idea of their being left alone together, would have resisted this vigorously even perhaps to the point of taking us home to England.

Had he talked about this with Rosario? I don't know. The fact is that she was no longer opposed to taking a look at the "little haunted house" while formerly she had been very positively against it. If Piers was in love with her she was at least as much in love with him. From a distance of forty years I am interpreting words and exchanged glances, eyes meeting and rapturous looks, for what they were, the signs of first love.

Il aurait dû dire gentiment «non», et refuser une fois pour toutes d'envisager cette expédition. Mais il avait accepté et dit : «Pourquoi pas?» À mon avis, c'est parce qu'il pensait que la *Casita* lui offrirait une possibilité d'être seul avec Rosario.

Oh, pas dans le but de faire l'amour avec elle, ce n'est pas ce que j'ai voulu dire. À ce moment-là, à ce stade de leurs relations, ça ne lui était sûrement pas venu à l'idée. Mais songez au peu d'occasions qu'il avait, étant donné les circonstances, ne serait-ce que de parler avec elle en tête à tête. Même l'après-midi, pendant les leçons d'espagnol, ils étaient constamment dérangés. Où qu'ils aillent, il y avait toujours soit moi, soit Will et moi pour les accompagner. Le soir, sur la véranda, j'étais toujours là. L'idée de m'éclipser ne m'effleurait même pas, et j'aurais été très malheureuse, mon frère le savait, s'il m'avait fait sentir par la moindre allusion que j'étais de trop. Je crois d'ailleurs que mes parents n'auraient pas du tout apprécié de les voir rester seuls, et qu'ils auraient cherché par tous les moyens à les en empêcher, quitte peut-être à nous ramener en Angleterre.

En avait-il parlé avec Rosario? Je l'ignore. Le fait est qu'elle ne s'opposait plus à aller jeter un coup d'œil à la «petite maison hantée», alors que jusque-là elle y était fermement hostile. Si Piers était amoureux d'elle, elle l'était au moins autant de lui. Avec quarante ans de recul, je comprends que certaines paroles, ces regards furtifs, ces yeux qui se rencontraient et ces airs extasiés, étaient en réalité les signes d'un premier amour.

To me then they meant nothing unless it was that Piers and Rosario shared some specific knowledge connected with the Spanish language which gave them a bond from which I was shut out.

The garden was no longer much more than a walled-off area of the hillside. It was irredeemably overgrown. Inside the wall a few trees grew of a kind not to be seen outside. Broken stonework lay about among the myrtles and arbutus, the remains of a fountain and moss-grown statuary. The air was scented with bay which did not grow very profusely elsewhere and there were rosy pink heathers in flower as tall as small trees. Paths there had once been but these were almost lost under the carpet of small tough evergreens. In places it was a battle to get through, to push a passage between thorns and bay and laurels, but our persistence brought us through the last thicket of juniper into a clearing paved in broken stone. From there the house could suddenly be seen, alarmingly close to us, its cloisters only yards away. It was like being in a dream where distance means very little and miles are crossed in an instant. The house appeared, became visible, as if it had stepped out to meet us.

It was not a "little" house. This is a relative term and the people who named it may have owned a palace somewhere else.

À l'époque, j'en concluais seulement que Piers et Rosario partageaient une connaissance particulière, en rapport avec la langue espagnole, qui créait entre eux une complicité dont j'étais exclue.

Le jardin n'était pratiquement plus qu'un morceau de colline, entouré d'un mur. La végétation l'avait irrémédiablement envahi. À l'intérieur de cette clôture poussaient des arbres d'une espèce qu'on ne voyait pas ailleurs. Des lambeaux de maçonnerie gisaient parmi les myrtes et les arbousiers, à côté des vestiges d'une fontaine et d'une statue mangée par la mousse. Des lauriers, assez rares sur l'île, embaumaient l'air, et il y avait des bruyères aux fleurs roses, aussi grandes que des arbustes. Les allées disparaissaient presque entièrement sous un tapis de petites plantes rêches. Par endroits, il fallait batailler pour passer, pour se frayer un chemin parmi les épineux et les lauriers mais, grâce à notre obstination, après avoir traversé un dernier taillis de genévriers, nous débouchâmes enfin sur un espace dégagé, pavé de dalles fendillées. La maison, avec ses arcades, apparut soudain, si proche que c'en était angoissant. On se serait cru dans un rêve, quand les distances sont abolies et que l'on franchit des kilomètres en un instant. Elle avait surgi devant nous, comme si elle était venue à notre rencontre.

Ce n'était pas une «petite» maison. Tout est relatif et les gens qui l'avaient baptisée ainsi possédaient peut-être un palais ailleurs.

To me it seemed a mansion, bigger than any house I had ever been in. José-Carlos's villa in Llosar and our house in London could have both been put inside the *Casita* and lost somewhere among its rooms.

Its surface was plastered and the plaster in many places had fallen away, exposing pale brickwork beneath. The cloisters were composed of eight arches supported on pillars Will said were "Moorish", though without, I am sure, quite knowing what this meant. Above was a row of windows, all with their shutters open, all with stone balconies, a pantiled over-hang, another strip of plaster, carved or parged in panels, and above that the nearly flat roof of pink tiles.

Within the cloister, on the left-hand side of a central door, was (presumably) the window that Carmela Valdez's cousin had broken. Someone had covered it with a piece of canvas nailed to the frame, plastic not being in plentiful supply in those days. Will was the first of us to approach nearer to the house. He was wearing his grass hat and a long-sleeved shirt and trousers. He picked at the canvas around the broken window until a corner came away, and peered in.

"There's nothing inside," he said. "Just an old empty room. Perhaps it's *the* room."

"It's not." Rosario offered no explanation as to how she knew this.

À mes yeux, c'était une demeure imposante, plus grande qu'aucune de celles dans lesquelles j'étais jamais entrée. Si on avait mis à l'intérieur de la *Casita* la villa de José-Carlos à Llosar et notre maison de Londres, elles auraient été perdues dans la multitude de ses pièces.

La façade était badigeonnée d'un crépi qui s'était écaillé en maints endroits, laissant apparaître la brique pâle. Les arcades se composaient de huit arches soutenues par des piliers. Will affirma qu'elles étaient de style «mauresque», mais je suis persuadée qu'il ne savait pas trop ce que ce mot signifiait. Au-dessus, il y avait une rangée de portes-fenêtres aux volets ouverts, avec chacune un balcon de pierre, puis venaient une saillie, un bandeau de plâtre découpé en panneaux, et enfin un toit de tuiles roses presque plat.

Sous la colonnade, à gauche de l'entrée principale, se trouvait (probablement) la fenêtre fracturée par le cousin de Carmela Valdez. On l'avait rebouchée avec un morceau de tissu cloué sur un châssis, le plastique étant un matériau rare à l'époque. Will fut le premier à se diriger vers la maison. Il portait une chemise à manches longues, un pantalon et son chapeau de raphia. Il tira sur le morceau d'étoffe qui calfeutrait le carreau brisé, pour dégager un coin, et glissa un œil à l'intérieur.

«Il n'y a rien, annonça-t-il. Seulement une pièce vide et délabrée. C'est peut-être *la* pièce.

— Non, dit Rosario, sans préciser comment elle le savait.

115

"I could go in and open the door for you."

"If it's *the* room you won't come out again," I said.

"There's a table in there with a candle on it." Will had his head inside the window frame. "Someone's been eating and they've left some bread and stuff behind. What a stink, d'you reckon it's rats?"

"I think we should go home now." Rosario looked up into Piers's face and Piers said very quickly,

"We won't go in now, not this time. Perhaps we won't ever go in."

Will withdrew his head and his hat fell off. "I'm jolly well going in sometime. I'm not going home without getting in there. We go back home next week. If we go now I vote we all come back tomorrow and go in there and explore it and then we'll *know*."

He did not specify exactly what it was we should know but we understood him. The house was a challenge to be accepted. Besides we had come too far to be daunted now. And yet it remains a mystery to me today that we, who had the beaches and the sea, the countryside, the village, the boats which would take us to Pinar or Formentor whenever we wished to go, were so attracted by that deserted house and its empty rooms.

— Je pourrais entrer par là et vous ouvrir la porte.

— Si c'est *la* pièce, dis-je, tu n'en ressortiras jamais.

— Il y a une table avec une bougie dessus, annonça Will, la tête dans l'encadrement de la fenêtre. Quelqu'un a mangé là et laissé du pain et d'autres trucs. Ça pue, vous croyez qu'il y a des rats?

— Je pense qu'on devrait partir, maintenant. » Tout en parlant, Rosario avait regardé Piers qui enchaîna aussitôt :

« On ne va pas entrer dans la maison, pas aujourd'hui. Et peut-être même qu'on n'y entrera jamais. »

Will retira sa tête de la fenêtre, et son chapeau tomba. « Eh bien, moi, j'y entrerai un jour, ça, je vous le promets. Je ne retournerai pas en Angleterre avant d'y être entré. Nous repartons la semaine prochaine. D'accord pour ne pas y aller maintenant, mais je vote pour qu'on revienne tous demain, qu'on pénètre dans la maison et qu'on l'explore, comme ça, on *saura*. »

Il ne donna aucune précision sur ce que nous saurions, mais tout le monde comprit. La maison représentait un défi à relever. En outre, nous étions désormais allés trop loin pour renoncer. Pourtant, aujourd'hui encore, je ne comprends toujours pas pourquoi, nous qui avions la plage, le village, des bateaux pour nous emmener à Pinar ou à Formentor, aussi souvent que nous le désirions, étions tellement attirés par cette maison abandonnée et ses pièces vides.

For Piers and Rosario perhaps it was a trysting place but what was there about it so inviting, so enticing, to Will and me?

Will himself expressed it, in words used by many an explorer and mountaineer. "It's *there*."

On the following day we all went to the *Cuevas del Drach*. Will's parents, whom our parents had got to know, came too and we went in two cars. Along the roadside between C'an Picafort and Arta grew the arbutus that Will's mother said would bear white flowers and red fruit simultaneously in a month or two. I wanted to see that, I wondered if I ever would. She said the fruit was like strawberries growing on branches.

"They look like strawberries but they have no taste."

That is one of the few remarks of Iris Harvey's I can remember. Remember word for word, that is. It seemed sad to me then but now I see it as an aphorism. The fruit of the arbutus is beautiful, red and shiny, it looks like strawberries but it has no taste.

The arbutus grew only in this part of the island, she said. She seemed to know all about it. What she did not know was that these same bushes grew in profusion around the little haunted house.

Pour Piers et Rosario, ce pouvait être un lieu de rendez-vous, mais qu'avait-elle de si séduisant, de si magique pour Will et moi ?

Ce fut Will lui-même qui donna la réponse, avec des mots utilisés par tant d'explorateurs et d'alpinistes. « C'est *là-bas* », dit-il.

Le lendemain nous allâmes tous visiter les *Cuevas del Drach*. Les parents de Will, avec qui les nôtres avaient lié connaissance, étaient également de la partie, et nous avions loué deux voitures. Au bord de la route, entre C'an Picafort et Arta, croissaient ces arbousiers qui, dans un mois ou deux, nous dit la mère de Will, porteraient en même temps des fleurs blanches et des fruits rouges. J'avais très envie de voir ça, et je me demandais si je le verrais un jour. Elle précisa que les fruits ressemblaient à des fraises qui pousseraient sur un arbre.

« On dirait des fraises, mais ça n'a aucun goût. »

C'est l'une des seules remarques d'Iris Harvey dont je me souvienne, ou plutôt dont je me souvienne mot pour mot. J'avais trouvé cette réflexion triste, mais je la considère aujourd'hui comme un aphorisme. Le fruit de l'arbousier est beau, il est rouge et luisant, il ressemble à une fraise, mais n'a aucun goût.

Elle ajouta que les arbousiers poussaient uniquement dans cette partie de l'île. Elle semblait tout savoir sur le sujet. Elle ignorait cependant que ces arbustes croissaient à profusion autour de la petite maison hantée.

I identified them from those on the road to C'an Picafort, from the smooth glossy leaves that were like the foliage of garden shrubs, not wild ones. Among the broken stones, between the junipers and myrtle, where all seemed dust-dry, I had seen their leaves, growing as green as if watered daily.

On our return we inspected the beach and found the jellyfish almost gone, all that remained of them gleaming patches on the rocks like snail's trails. Piers and Rosario sat on the veranda doing their Spanish and Will went back to the hotel, his shirt cuffs buttoned, his hat pulled well down.

"Tomorrow then," Piers had said to him as he left and Will nodded.

That was all that was necessary. We did not discuss it among ourselves. A decision had been reached, by each of us separately and perhaps simultaneously, in the cars or the caves or by the waters of the subterranean lake. Tomorrow we should go into the little haunted house, to see what it was like, because it was *there*. But a terrible or wonderful thing happened first. It was terrible or wonderful, depending on how you looked at it, how *I* looked at it, and I was never quite sure how that was. It filled my mind, I could scarcely think of anything else.

My parents had gone to bed.

Je les avais reconnus sur la route de C'an Picafort à leur feuillage lisse et vernissé, pareil à celui de végétaux qu'on trouve dans les jardins, et qui ne sont pas sauvages. Au milieu des pierres éboulées, parmi les genévriers et les myrtes, là où tout avait un aspect desséché et poussiéreux, j'avais vu leurs feuilles, qui restaient aussi vertes que si on les avait arrosés tous les jours.

Au retour, en allant inspecter la plage, nous constatâmes que les méduses avaient presque disparu. Il n'en subsistait que des plaques sur les rochers, luisantes comme de la bave d'escargot. Piers et Rosario s'installèrent sur la véranda pour la leçon d'espagnol et Will regagna son hôtel, ses poignets de chemise boutonnés et son chapeau enfoncé sur le crâne.

« À demain, alors », lui avait dit Piers en le quittant, et Will avait hoché la tête.

Il était inutile d'en dire plus. On ne reparla pas de l'affaire entre nous. Nous avions pris notre décision chacun de notre côté, et peut-être au même moment, pendant le trajet en voiture, dans les grottes ou encore au bord du lac souterrain. Demain, nous retournerions à la petite maison hantée, pour voir comment c'était, parce que c'était *là-bas*. Mais il se produisit auparavant une chose terrible ou merveilleuse, suivant la façon de l'envisager, suivant la façon dont *je* l'envisageais, ce que j'avais bien du mal à définir avec précision. J'en étais obnubilée, je ne pouvais pratiquement plus penser à rien d'autre.

Mes parents étaient allés se coucher.

I was in the bedroom I shared with Rosario, not in bed but occupied with arranging my mosquito net. This hotel where we now are is air-conditioned, you never open the windows. You move and dress and sleep in a coolness which would not be tolerated in England, a breezy chill that is very much at odds with what you can see beyond the glass, cloudless skies and a desiccated hillside. I liked things better when the shutters could be folded back against the walls, the casements opened wide, and the net in place so that you were protected from insects, yet in an airy room. The net hung rather like curtains do from a tester on an English four-poster and that morning, in a hurry to be off to the *Cuevas*, I had forgotten to close them.

Having made sure there were no mosquitos inside the curtains, I drew them and switched off the light so that no more should be attracted into the room. Sentimentally, rather than kill it, I carried a spider in my handkerchief to the window to release it into the night. The moon was waxing, a pearl drop, and the stars were brilliant. While dark, with a rich clear somehow shining darkness, everything in the little walled garden could clearly be seen. All that was missing was not clarity but colour. It was a monochrome world out there, black and silver and pewter and pearl and lead-colour and the opaque velvety greyness of stone.

J'étais montée dans la chambre que je partageais avec Rosario, non pas pour me coucher mais pour arranger ma moustiquaire. L'hôtel où nous sommes actuellement est climatisé, on n'ouvre jamais les fenêtres. On va, on vient, on s'habille, on dort dans une fraîcheur qu'on ne supporterait pas en Angleterre, dans un air glacé qui jure avec le ciel sans nuages et les collines arides qu'on voit de l'autre côté de la vitre. Je trouve ça bien plus agréable de pouvoir rabattre les volets contre le mur, d'ouvrir grande la croisée, puis de déployer la moustiquaire pour se protéger des insectes et de dormir dans une pièce aérée. Le tulle était fixé un peu à la manière des rideaux d'un lit à baldaquin anglais et, le matin, dans la hâte du départ pour les *Cuevas,* j'avais oublié de le remettre en place.

Après m'être assurée qu'il n'y avait pas de moustiques à l'intérieur, je fermai la moustiquaire et éteignis la lumière, afin de ne pas en attirer d'autres dans la chambre. Par charité, j'attrapai une araignée avec mon mouchoir et, plutôt que de la tuer, je la relâchai par la fenêtre, dans la nuit. La lune nacrée était dans sa phase croissante et les étoiles resplendissaient. Malgré l'obscurité, une obscurité d'une intense limpidité, brillante pourrait-on dire, on distinguait nettement les détails du petit jardin clos. Ce n'était pas la clarté, mais la couleur qui manquait. C'était un univers monochrome, dans les tons de noir, d'argent, d'étain, de perle et de plomb, avec le gris velouté et opaque de la pierre.

The moon glowed opal-white and the stars were not worlds but light-filled holes in the heavens.

I did not see them at first. I was looking past the garden at the spread of hills and the mountains beyond, serrated ranges of darkness against the pale shining sky, when a faint sound or tiny movement nearer at hand drew my eyes downwards. They had been sitting together on the stone seat in the deep shade by the wall. Piers got up and then Rosario did. He was much taller than she, he was looking down at her and she up at him, eye to eye. He put his arms round her and his mouth on hers and for a moment, before they stepped back into the secretive shadow, they seemed to me so close that they were one person, they were like two cypresses intertwined and growing as a single trunk. And the shadow they cast was the long spear shape of a single cypress on moon-whitened stone.

I was very frightened. I was shocked. My world had changed in a moment. Somewhere, I was left behind. I turned away with the shocked rejecting movement of someone who has seen a violent act. Once inside my mosquito net, I drew its folds about me and lay hidden in there in the dark. I lay there rigid, holding my hands clasped, then turned on to my face with my eyes crushed into the pillow.

Rosario came upstairs and into our room and spoke softly to me but I made her no answer.

La lune luisait d'une blancheur opalescente et, plutôt que des mondes, les étoiles étaient des trous remplis de lumière, parsemant les cieux.

Je ne les ai pas vus tout de suite. Je contemplais, par-delà le jardin, les collines et les montagnes composant un massif de ténèbres denté sur l'éclat pâle du ciel, quand, plus près de moi, un bruit léger ou un infime mouvement, attira mon regard vers le bas. Ils étaient assis sur le banc de pierre, dans l'ombre profonde du mur. Piers se leva, puis Rosario. Il était beaucoup plus grand. Il baissa les yeux vers elle et elle leva les siens vers lui. Il l'enlaça, posa sa bouche sur la sienne et, l'espace d'un instant, avant qu'ils ne reculent dans les profondeurs de l'ombre, j'eus l'impression, tant ils étaient près l'un de l'autre, qu'ils ne formaient qu'un seul être ; ils étaient semblables à deux cyprès entrelacés, issus d'un même tronc. Et sur les pierres blanchies par la lune, leur ombre avait la forme allongée et pointue d'un arbre unique.

Je fus saisie d'épouvante. Je venais de recevoir un choc. En un instant, tout avait changé. On s'était en quelque sorte débarrassé de moi. Je m'enfuis, avec le geste horrifié de quelqu'un qui vient d'assister à une scène de violence. Je me réfugiai sous la moustiquaire, en ramenai les pans autour de moi et restai cachée là, dans le noir, couchée dans une posture rigide, les mains nouées, puis je me retournai sur le ventre, la tête enfoncée dans l'oreiller.

Rosario monta, entra dans la chambre, me parla à voix basse, mais je ne lui répondis pas.

She closed the door and I knew she was undressing in the dark. In all my life I had never felt so lonely. I would never have anyone, I would always be alone. Desertion presented itself to me as a terrible reality to be confronted, not to be avoided, and the last image that was before me when sleep came was of getting up in the morning and finding them all gone, my parents and Piers and Rosario, the hotel empty, the village abandoned, Majorca a desert island and I its only wild, lost, crazed inhabitant. Not quite the last image. That was of the twin-trunked cypress tree in the garden, its branches interwoven and its shadow a single shaft.

Elle referma la porte et je devinai qu'elle se déshabillait dans l'obscurité. De ma vie, je ne m'étais sentie aussi seule. Jamais je n'aurais quelqu'un pour m'aimer, je resterais toujours solitaire. Être abandonnée m'apparaissait comme une affreuse réalité à laquelle il fallait faire face et qu'il était impossible d'éviter. Juste avant que le sommeil ne m'emporte, je me vis me réveillant le lendemain matin, et trouvant mes parents, Piers et Rosario partis, l'hôtel vide, le village dépeuplé, Majorque transformée en île déserte où il n'y avait plus que moi, seule, affolée, désespérée. Non, en réalité, la dernière image qui se présenta à mon esprit, avant de m'endormir, fut celle du cyprès au tronc jumeau, avec ses branches entrelacées et son ombre fondue dans une hampe unique.

We entered the little house of desire, the little haunted house (*la casita que tiene fantasmas*) by the front door, Rosario going first. Will had climbed in through the broken window and opened the door inside the cloisters. It had the usual sort of lock which can be opened by turning a knob on the inside but from the outside only with a key. Piers followed her and I followed him, feeling myself to be last, the least there, the unwanted.

This, of course, was not true. The change was in my mind, not in outward reality. When I got up that morning it was not to find myself deserted, abandoned in an alien place by all those close to me, but treated exactly as usual. Piers was as warm to me as ever, as *brotherly*, my parents as affectionate, Rosario the same kind and interested companion. I was different. I had seen and I was changed.

As I have said, I could think of nothing else.

« Les enfants savent regarder. Ils n'ont rien d'autre à faire. Et si, plus tard, nous ne prenons pas le temps de nous arrêter et de regarder ce n'est pas seulement du fait d'une vie remplie de soucis et qui par conséquent n'en vaut pas la peine. Nous n'avons pas le temps, nous ne pouvons pas redevenir ce que nous étions, c'est comme ça. »

1 Hans Egger, *Paysage de Mallorca,* vers 1932. Collection particulière, Tyrol.

2

«Peut-être y avait-il bien un pêcheur et un bateau, et sans doute cet
homme fut-il interrogé le moment venu. Je suppose qu'on questionna tous ceux qui avaient rencontré Piers et Rosario, ou qui leur
avaient parlé, tous ceux qui auraient pu avoir une idée de l'endroit
où ils étaient allés...»

2 Mallorca, Port de Pollensa, carte postale.
3 Paysage de Mallorca.

4

«Son visage n'était pas celui d'une vedette de cinéma, ni d'un mannequin de publicité posant pour du prêt-à-porter de luxe, mais il
rappelait très exactement un personnage préraphaélite.»

4 William Holman Hunt, *Valentin sauvant Sylvia*, 1851. The Makins
Collection.

«... ils étaient semblables à deux cyprès entrelacés, issus d'un même
tronc. Et sur les pierres blanchies par la lune, leur ombre avait la
forme allongée et pointue d'un arbre unique.»

5 Max Ernst, *Vive l'amour* ou *Le Pays charmant*, 1923. The Saint
Louis Art Museum.

5

6

«Elle est complètement fermée. Will répète ce que disent les gens du village, mais Will *ne sait pas* ce qu'ils disent. Il n'y a pas de fantômes, enfin pas de morts qui reviennent, mais seulement une pièce mauvaise où il ne faut pas entrer.»

6 Patio d'une maison, Palma de Mallorca.
7 Jardin intérieur, Palma de Mallorca.

7

«Parce que je venais d'un pays du Nord, sans doute, j'associais les fantômes au froid. Aussi, nonobstant tout ce que j'avais appris depuis mon arrivée à Llosar, je m'attendais à ce qu'il fît sombre et glacial à l'intérieur de la *Casita de Golondro*.»

8 Pan de mur à Formentera.

«*Phyllum cnidaria,* méduse. Ces créatures tiennent leur nom de la Gorgone, dont la chevelure est constituée de serpents entrelacés et dont le regard suffit à vous transformer en pierre.»

9 Arnold Böcklin, *Bouclier avec la tête de Méduse,* 1886. Kunsthaus, Zürich.

9

11

«Je ne m'attendais à rien du tout. J'étais habitée par la terreur, mais il s'agissait d'une terreur différente, celle d'être rejetée, de me retrouver seule, la terreur que les autres ne découvrent les secrets de la vie, pendant que je croupirais dans mon ignorance.»

10 Prague.
11 [Sans titre], photo de Jerry Uelsmann.

12

«Si mon frère était rentré à la maison, ce soir-là, nous aurions continué à être ce que nous étions...[...] Mais ce drame nous rendit riches, en même temps qu'il contribua beaucoup à abîmer la côte méditerranéenne espagnole et l'île de Majorque.»

12 Une vue de Mallorca.
13 Port de Pollensa, carte postale.
14 Ibiza, carte postale.

13

14

15 Ruth Rendell.

16 L'écrivain, Baronne Rendell de Babergh, de Aldeburgh, du comté de Suffolk, le jour de sa nomination à la Chambre des Lords, le 11 novembre 1997.

«Pourtant, aujourd'hui encore, je ne comprends toujours pas pourquoi, nous qui avions la plage, le village, des bateaux pour nous emmener à Pinar ou à Formentor, aussi souvent que nous le désirions, étions tellement attirés par cette maison abandonnée et ses pièces vides.»

17 Adelchi-Riccardo Mantovani, *Vanité*, 1979. Collection particulière.

5

Nous pénétrâmes dans la petite maison du désir, la petite maison hantée (*la casita que tiene fantasmas*), par la grande porte, Rosario en tête. Will était passé par la fenêtre fracturée, puis il nous avait ouvert. Pour entrer de l'extérieur, il fallait une clé, mais de l'intérieur, il suffisait de tourner la poignée. Piers emboîta le pas à Rosario, et moi je suivis Piers, avec le sentiment d'être la dernière, le rebut, celle dont personne ne veut.

Ce qui était faux, bien entendu. C'est dans ma tête que la mutation avait eu lieu, et non dans la réalité objective. Le matin, je ne m'étais pas réveillée abandonnée de tous, seule dans un pays étranger, mais traitée exactement comme d'habitude. Piers était aussi affectueux que jamais, aussi *fraternel,* mes parents aussi tendres, Rosario me témoignait autant de gentillesse et d'attention. C'est moi qui étais différente. J'avais vu et j'étais transformée.

Comme je l'ai dit, j'étais incapable de penser à autre chose.

What I had seen did not excite or intrigue me, nor did I wish not to have seen it, but rather that it had never happened. I might have been embarrassed in their company but I was not. All I felt, without reason, was that they liked each other better than they liked me, that they expressed this in a way neither of them could ever have expressed it to me, and that, obscurely but because of it, *because of something he did not and could not know*, Will too must now prefer each of them to me.

On the way to the *Casita* I had said very little. Of course I expected Piers to ask me what was the matter. I would have told him a lie. That was not the point. The point was that I was unable to understand. Why, why? What made them do that, behave in the way I had seen them in the garden? Why had they spoiled things? For me, they had become different people. They were strangers. I saw them as mysterious beings. It was my first glimpse of the degree to which human beings are unknowable, my first intimation of what it is that makes for loneliness. But what I realised at the time was that we who had been a cohesive group were now divided into two parts : Piers and Rosario, Will and me.

Yet I had not chosen Will. We *choose* very few of the people we know and call our friends.

Ce à quoi j'avais assisté n'avait nullement suscité en moi du trouble ou de la curiosité, et je regrettais non point d'en avoir été témoin, mais que cela se soit produit. J'aurais pu me sentir gênée en leur compagnie, mais ce n'était pas le cas. J'avais seulement l'impression, sans raison aucune, qu'ils s'aimaient davantage l'un l'autre qu'ils ne m'aimaient, moi, qu'ils se l'exprimaient d'une façon qu'ils n'auraient jamais adoptée à mon égard, et que désormais, obscurément, à cause de cela, à cause de quelque chose *qu'il ne savait pas et ne pouvait pas savoir*, Will allait, lui aussi, les préférer à moi.

Sur le chemin de la *Casita*, je ne prononçai pratiquement pas un seul mot. Bien sûr, j'attendais que Piers me demande ce que j'avais. Je lui aurais raconté une histoire. Mais le problème n'était pas là. Le problème était que je ne comprenais pas. Pourquoi ? Pourquoi ? Qu'est-ce qui les avait poussés à faire ça, à faire ce que je les avais vus faire dans le jardin ? Pourquoi avaient-ils tout gâché ? À mes yeux, ils étaient devenus différents. Des étrangers. Ils m'apparaissaient comme des créatures mystérieuses. Pour la première fois, l'idée m'effleura qu'il est impossible de connaître un être humain, et j'entrevis comment l'on peut glisser dans la solitude. Mais ce que je compris surtout alors, c'était que notre petit clan, uni jusque-là, était désormais scindé en deux : Piers et Rosario d'un côté, Will et moi de l'autre.

Mais je n'avais pas choisi Will. Il est d'ailleurs rare qu'on *choisisse* ceux qu'on appelle ses amis.

In various ways they have been thrust upon us. We never have the chance to review a hundred paraded before us and out of them choose one or two. I knew nothing of this then and I resented Will for being Will, cocky, intrusive, with his red hair and his thin vulnerable skin, his silly hat, and for being so much less nice to know than either my brother or Rosario. But he was for me and they were not, not any more. I sensed that he felt much the same way about me. I was the third best but all he could get, his companion by default. This was to be my future lot in life — and perhaps his, but I cared very little about that. It was because of this, all this, that as we entered the *Casita*, Piers and Rosario going off into one of the rooms, Will making for the hall at the front of the house, I left them and went up the staircase on my own.

I was not afraid of the house, at least not then. I was too sore for that. All my misery and fear derived from human agency, not the supernatural. If I thought of the "bad room" at all, it was with that recklessness, that fatalism, which comes with certain kinds of unhappiness : things are so bad that *anything* which happens will be a relief — disaster, loss, death. So I climbed the stairs and explored the house, looking into all the rooms, without trepidation and without much interest.

Ils nous sont imposés d'une façon ou d'une autre. L'occasion ne nous est jamais donnée de faire défiler une centaine de personnes, afin d'en sélectionner une ou deux. Je ne savais rien de tout ça à l'époque, et j'en voulais à Will d'être Will, effronté, indiscret, avec ses cheveux roux, sa peau fragile, son chapeau ridicule, et d'être tellement moins sympathique que mon frère ou Rosario. Mais il était pour moi, alors qu'eux ne l'étaient pas, ne l'étaient plus. Je sentais qu'il pensait la même chose à mon sujet. J'étais un pis-aller, sa compagne faute de mieux. Ce serait mon lot, dans l'existence — et peut-être aussi le sien, mais je m'en souciais peu. C'est à cause de cela, de tout cela que, en pénétrant dans la *Casita*, Piers et Rosario sont entrés dans une pièce, Will s'est dirigé vers le vestibule, du côté de la façade, tandis que je les laissais pour m'engager dans l'escalier.

La maison ne me faisait pas peur, pas encore en tout cas. J'étais bien trop malheureuse. Mon chagrin avait une cause humaine et non surnaturelle. Si je pensais si peu que ce fût à la «mauvaise pièce», c'était avec ce détachement, ce fatalisme qui vous vient parfois dans l'adversité : tout va tellement mal que quoi qu'il arrive, catastrophe, mort, dépossession, ce sera un soulagement. Je montai donc l'escalier et partis en exploration, visitant toutes les pièces, calmement et sans grand intérêt.

It was three storeys high. With the exception of a few objects difficult to move or detach, heavy mirrors on the walls in gilded frames, an enormous bed with black oak headboard and bedposts, a painted wooden press, it was not furnished. I heard my brother's and Rosario's voices on the staircase below and I knew somehow that Piers would not have remained in the house and would not have let us remain if there had been furniture and carpets and pictures there. He was law-abiding and responsible. He would not have trespassed in a place he saw as someone's home.

But this house had been deserted for years. Or so it seemed to me. The mirrors were clouded and blue with dust. The sun bore down unchecked by shutters or curtains and its beams were layers of sluggishly moving dust that stretched through spaces of nearly intolerable heat. I suppose it was because I was a child from a northern country that I associated hauntings with cold. Although everything I had experienced since coming to Llosar taught otherwise, I had expected the *Casita de Golondro* to be cold inside and dark.

The heat was stifling and the air was like a gas. What you breathed was a suspension of warm dust. The windows were large and hazy dusty sunshine filled the house, it was nearly as light as outside.

134

La *Casita* était sur trois niveaux. À l'exception de quelques objets difficiles à déplacer, de lourds miroirs fixés au mur dans leur cadre doré, un immense lit à colonnes en chêne noir, une armoire peinte, il n'y avait plus de meubles. J'entendis la voix de Piers et de Rosario monter dans l'escalier et je savais que mon frère ne se serait pas attardé à l'intérieur de la maison et aurait exigé qu'on s'en aille si elle avait renfermé du mobilier, des tapis et des tableaux. C'était un garçon responsable et respectueux de la loi. Il ne se serait pas introduit dans un lieu susceptible d'être habité.

Mais cette bâtisse était abandonnée depuis des années. Du moins en apparence. Une couche de poussière bleutée obscurcissait les glaces. Nul volet, nul rideau n'arrêtait les rayons du soleil qui illuminaient des strates de poussière ondulant paresseusement dans une chaleur presque intolérable. Parce que je venais d'un pays du Nord, sans doute, j'associais les fantômes au froid. Aussi, nonobstant tout ce que j'avais appris depuis mon arrivée à Llosar, je m'attendais à ce qu'il fît sombre et glacial à l'intérieur de la *Casita de Golondro*.

La chaleur était suffocante, et l'air dense comme un gaz. On y respirait une poussière brûlante, en suspension dans l'atmosphère. Les fenêtres étaient grandes et une lumière poudreuse et embrumée envahissait la maison, où il faisait presque aussi clair que dehors.

I went to the window in one of the rooms on the first floor, meaning to throw it open, but it was bolted and the fastenings too stiff for me to move. It was there, while I was struggling with the catch, that Will crept up behind me and when he was only a foot away made that noise children particularly associate with ghosts, a kind of warbling crescendo, a howling siren-sound.

"Oh, shut up," I said. "Did you think I couldn't hear you? You made more noise than a herd of elephants."

He was undaunted. He was never daunted. "Do you know the shortest ghost story in the world? There was this man reached out in the dark for a box of matches but before he found them they were stuck into his hand."

I pushed past him and went up the last flight of stairs. Piers and Rosario were nowhere to be seen or heard. I saw the double cypress tree again and its shadow and felt sick. Somewhere they were perhaps doing that again now, held close together, looking into each other's eyes. I stood in the topmost hallway of the house, a voice inside me telling me what it has often told me since, when human relations are in question: don't think of them, forget them, stand alone, you are safer alone. But my brother...? It was different with my brother.

The rooms on the top floor had lower ceilings, were smaller than those below and even hotter. It sounds incomprehensible if I say that these attics were like cellars, but so it was.

Dans une pièce du premier étage, je m'approchai de la croisée, dans l'intention de l'ouvrir, mais elle était coincée. Alors, tandis que je m'escrimais à tirer sur la poignée, Will arriva sans bruit derrière moi et, quand il fut tout près, il émit ce mugissement que les enfants attribuent aux revenants, une sorte de crescendo glapissant, un hurlement de sirène.

« Oh ! Arrête, lui dis-je. Tu te figures que je ne t'ai pas entendu ? Tu faisais plus de bruit qu'un troupeau d'éléphants. »

Il ne se montra nullement décontenancé. Jamais il n'était décontenancé. « Tu connais la plus courte des histoires de fantômes ? C'est un homme qui cherche des allumettes dans le noir, et avant même qu'il ait pu les prendre, il s'aperçoit qu'on lui a mis une boîte dans la main. »

Je l'écartai et montai au dernier étage. Pas le moindre signe de Piers et de Rosario. Je revis le cyprès double, son ombre, et la nausée me prit. Ils étaient peut-être encore en train de faire ça, quelque part, pressés l'un contre l'autre, les yeux dans les yeux. Immobile sur le palier du haut, j'entendis une voix qui me disait ce qu'elle m'a dit si souvent depuis, à propos de mes relations avec les autres : « Ne pense pas à eux, oublie-les, reste toute seule, tu cours bien moins de danger toute seule. » Mais mon frère… ? Pour mon frère, c'était différent.

Au dernier étage, les pièces étaient plus petites, plus basses de plafond, et il y faisait encore plus chaud. Si bizarre que cela paraisse, je dirais que ces mansardes ressemblaient à des caves.

They were high up in the house, high under the roof, but they induced the claustrophobia of basements, and there seemed to be weighing on them a great pressure of tiers of bricks and mortar and tiles.

What happened to me next I feel strange about writing down. This is not because I ever doubted the reality of the experience or that time has dimmed it but really because, of course, people don't believe me. Those I have told — a very few — suggest that I was afraid, expectant of horrors, and that my mind did the rest. But I was *not* afraid. I was so unafraid that even Will's creeping up on me had not made me jump. I was expectant of nothing. My mind was full of dread but it was dread of rejection, of loneliness, of others one by one discovering the secret of life and I being left in ignorance. It was fear of losing Piers.

All the doors to all the rooms had been open. In these circumstances, if you then come upon a closed door, however miserable you may be, however distracted, natural human curiosity will impel you to open it. The closed door was at the end of the passage on the left. I walked down the passage, through the stuffiness, the air so palpable you almost had to push it aside, tried the handle, opened the door.

Elles se trouvaient tout en haut de la maison, sous le toit, mais on y avait la même sensation de claustrophobie que dans un sous-sol, et l'impression qu'une énorme masse de briques, de ciment et de tuiles pesait dessus.

Pour décrire ce qui m'arriva ensuite, je me sens un peu embarrassée. Non que j'aie jamais douté de la réalité de cette expérience, ni que le temps ait estompé mon souvenir, mais parce que personne ne me croit, bien entendu. Ceux à qui j'en ai parlé — ils ne sont pas nombreux — m'ont dit que je devais avoir peur, que je m'attendais à des choses horribles, et que mon imagination a fait le reste. Mais justement, je n'avais pas peur. Si peu, même, que lorsque Will avait crié dans mon dos, j'étais restée impassible. Je ne m'attendais à rien du tout. J'étais habitée par la terreur, mais il s'agissait d'une terreur différente, celle d'être rejetée, de me retrouver seule, la terreur que les autres ne découvrent les secrets de la vie, pendant que je croupirais dans mon ignorance. C'était la terreur de perdre Piers.

Toutes les portes de la maison étaient ouvertes. En pareil cas, lorsqu'on tombe sur une pièce fermée, même si on est très malheureux, très bouleversé, la curiosité nous commande tout naturellement d'ouvrir la porte. Au bout du couloir, à gauche, je vis une porte close. Je m'en approchai, dans une atmosphère si confinée et si palpable qu'il fallait presque l'écarter des deux mains, je tournai la poignée et entrai.

I walked into a rather small oblong room with, on its left-hand wall, one of those mirrors, only this one was not large or gilt-framed or fly-spotted, but rather like a window with a plain wooden frame and a kind of shelf at the bottom of it. I saw that it was a mirror but I did not look into it. Some inner voice was warning me not to look into it.

The room was dark. No, not dark, but darker than the other rooms. Here, although apparently nowhere else, the shutters were closed. I took a few steps into the warm gloom and the door closed behind me. Hindsight tells me that there was nothing supernatural or even odd about this. It had been closed while all the others in the house were open which indicates that it was a "slamming" door or one which would only remain open when held by a doorstop. I did not think of this then. I thought of nothing reasonable or practical, for I was beginning to be frightened. My fear would have been less if I could have let light in but the shutters, of course, were on the outside of the window. I have said it was like a cellar up there. I felt as if I was in a vault.

Something held me there as securely as if I were chained. It was as if I had been tied up preparatory to being carried away. And I was aware that behind me, or rather to the left of me, was that mirror into which I must not look.

C'était une petite pièce oblongue dont le mur de gauche portait lui aussi un miroir, mais celui-ci n'était ni grand, ni entouré d'un cadre doré, ni couvert de chiures de mouches ; il ressemblait plutôt à une fenêtre, avec un châssis de bois ordinaire et une sorte d'étagère dans le bas. Je voyais bien que c'était une glace mais je ne regardai pas dedans. Une voix intérieure m'enjoignait de ne pas le faire.

Il faisait sombre. Enfin, pas vraiment sombre, mais davantage que dans les autres pièces. Là, les volets étaient clos. J'avançai de quelques pas dans la pénombre étouffante et la porte se referma derrière moi. J'ai compris plus tard que cela n'avait rien de surnaturel ni même d'étrange. Si cette pièce était fermée, contrairement à toutes les autres, c'était probablement parce qu'elle avait une porte « battante », de celles qui ne restent ouvertes qu'à condition d'être bloquées par un arrêt. Mais sur le moment je n'y ai pas pensé. Je ne raisonnais pas de façon logique ou pratique, car la panique commençait à me gagner. J'aurais eu moins peur si j'avais pu faire entrer la lumière, mais bien entendu, les volets étaient placés à l'extérieur de la fenêtre. J'ai dit que ce dernier étage était pareil à une cave. J'avais maintenant l'impression de me trouver dans un tombeau.

Quelque chose me retenait là, aussi sûrement qu'une chaîne. C'était comme si on m'avait ligotée en vue d'un enlèvement. Et je savais que derrière moi, ou plutôt sur la gauche, il y avait ce miroir dans lequel il ne fallait pas que je regarde.

Whatever happened I must not look into it and yet something impelled me to do so, I *longed* to do so.

How long did I stand there, gasping for breath, in that hot timeless silence? Probably for no more than a minute or two. I was not quite still, for I found myself very gradually rotating, like a spinning top that is slowing before it dips and falls on its side. Because of the mirror I closed my eyes. As I have said, it was silent, with the deepest silence I have ever known, but the silence was broken. From somewhere, or inside me, I heard my brother's voice. I heard Piers say,

"Where's Petra?"

When I asked him about this later he denied having called me. He was adamant that he had not called. Did I imagine his voice just as I then imagined what I saw? Very clearly I heard his voice call me, the tone casual. But concerned, for all that, caring.

"Where's Petra?"

It broke the invisible chains. My eyes opened on to the hot, dusty, empty room. I spun round with one hand out, reaching for the door. In doing so I faced the mirror, I moved through an arc in front of the mirror, and saw, not myself, *but what was inside it.*

Quoi qu'il arrivât, je ne devais pas regarder dedans et pourtant, malgré moi, j'en éprouvais un violent désir. J'en *mourais* d'envie.

Combien de temps restai-je là, haletante, dans ce silence torride et intemporel? Pas plus d'une ou deux minutes, probablement. Je n'étais pas vraiment immobile, car je me surpris à pivoter très progressivement, ainsi qu'une toupie qui ralentit avant de retomber sur le côté. À cause du miroir, je fermai les yeux. Je l'ai déjà dit, il régnait un silence des plus profonds, mais soudain il se rompit. Venant de quelque part ou peut-être du dedans de moi, j'entendis la voix de mon frère. J'entendis Piers qui demandait :

« Où est Petra ? »

Quand plus tard je l'interrogeai, il nia m'avoir appelée. Il affirma catégoriquement ne pas l'avoir fait. Était-ce mon imagination, de même que j'aurais imaginé ce que je vis ensuite ? J'avais entendu très nettement sa voix qui m'appelait, sur un ton tranquille. Mais pas indifférent pour autant.

« Où est Petra ? »

Les chaînes invisibles se dénouèrent. Mes yeux s'ouvrirent sur le vide de la pièce chaude et poussiéreuse. Je pivotai sur moi-même, une main tendue en direction de la porte. Ce faisant, je me retrouvai face au miroir et vis, non pas mon reflet, *mais ce qu'il y avait dedans.*

Remember that it was dark. I was looking into a kind of swimming gloom and in it the room was reflected but in a changed state, with two windows where no windows were, and instead of myself the figure of a man in the farthest corner pressed up against the wall. I stared at him, the shape or shade of a bearded ragged man, not clearly visible but clouded by the dark mist which hung between him and me. I had seen that bearded face somewhere before — or only in a bad dream? He looked back at me, a look of great anger and malevolence. We stared at each other and as he moved away from the wall in my direction, I had a momentary terror he would somehow break through the mirror and be upon me. But, as I flinched away, holding up my hands, he opened the reflected door and disappeared.

I cried out then. No one had opened the door on my side of the mirror. It was still shut. I opened it, came out and stood there, my back to the door, leaning against it. The main passage was empty and so was the side passage leading away to the right. I ran along the passage, feeling I must not look back, but once round the corner at the head of the stairs I slowed and began walking. I walked down, breathing deeply, turned at the foot of the first flight and began to descend the second. There I met Piers coming up.

N'oubliez pas qu'il faisait sombre. Mon regard plongeait dans une sorte d'obscurité aqueuse, dans laquelle la pièce se réfléchissait, mais avec quelques modifications : je voyais deux fenêtres là où il n'y en avait aucune et, au lieu de mon image, la silhouette d'un homme plaqué contre le mur, dans un coin, tout au fond. J'écarquillai les yeux ; j'avais devant moi la forme ou l'ombre un peu floue d'un individu barbu et dépenaillé, noyé dans la grisaille brumeuse suspendue entre lui et moi. J'avais déjà vu cette face hirsute quelque part — ou peut-être m'était-elle apparue dans un cauchemar. L'homme me regarda à son tour, avec une expression méchante et furibonde. Nous nous dévisageâmes et, en le voyant s'avancer, je craignis un instant qu'il ne traverse la glace pour m'attaquer. Mais tandis que je reculais, les mains levées, il ouvrit la porte — ou plutôt son reflet — et disparut.

Alors je poussai un cri. De mon côté du miroir, personne n'avait ouvert la porte. Elle était toujours fermée. Je l'ouvris, sortis de la pièce et restai là, le dos appuyé contre le chambranle. Il n'y avait personne dans le couloir principal, ni dans celui qui partait sur la droite. Je m'enfuis à toutes jambes, en sentant que je ne devais pas regarder derrière moi, mais, arrivée à l'escalier, je ralentis le pas. Je descendis les marches en respirant à fond, arrivai sur le palier du dessous et m'engageai dans la dernière volée. Là, je croisai Piers qui montait.

What I would best have liked was to throw myself into his arms. Instead, I stopped and stood above him, looking at him.

"Did you call me?" I said.

"No. When do you mean? Just now?"

"A minute ago."

He shook his head. "You look as if you've seen a ghost."

"Do I?" Why didn't I tell him? Why did I keep silent? Oh, I have asked myself enough times. I have asked myself why that warning inner voice did not urge me to tell and so, perhaps, save him. No doubt I was afraid of ridicule, for even then I never trusted to kindness, not even to his. "I went into a room," I said, "and the door closed on me. I was a bit scared, I suppose. Where are the others?"

"Will found the haunted room. Well, he says it's the haunted room. He pretended he couldn't get out."

How like Will that was! There was no chance for me now, even if I could have brought myself to describe what had happened. My eyes met Piers's eyes and he smiled at me reassuringly. Never since in all my life have I so longed to take someone's hand and hold it as I longed then to take my brother's. But all that was possible for me was to grip my own left hand in my right and so hold everything inside me.

J'avais envie de me jeter dans ses bras. Pourtant je m'arrêtai sur une marche, au-dessus de lui, et lui demandai :

«Tu m'as appelée?

— Non. Quand ça? Là, tout de suite?

— Il y a une minute.»

Il secoua la tête. «Tu as l'air d'avoir vu un fantôme.

— Ah bon?» Pourquoi ne lui ai-je rien dit? Pourquoi me suis-je tue? Je me suis posé cette question bien des fois. Je me suis demandé pourquoi la voix intérieure qui m'avait mise en garde un peu plus tôt ne m'avait pas pressée de tout lui raconter, ce qui l'aurait peut-être sauvé. Je craignais le ridicule, sans aucun doute, car déjà, à l'époque, je ne croyais à l'indulgence de personne, même pas de lui. «Je suis entrée dans une pièce, dis-je. Et la porte s'est refermée sur moi. Je crois que j'ai eu un peu peur. Où sont les autres?

— Will a trouvé la chambre hantée. Enfin, il dit que c'est la chambre hantée. Il prétend qu'il n'arrivait pas à ressortir.»

C'était bien Will! Même si j'avais pu prendre sur moi pour expliquer ce qui m'était arrivé, c'était impossible désormais. Mon regard croisa celui de Piers qui m'adressa un sourire rassurant. Jamais depuis je n'ai eu autant envie de prendre la main de quelqu'un et de la garder dans la mienne. La seule chose que je parvins à faire fut de serrer ma main gauche avec la droite, pour tout renfermer en moi.

We went down and found the others and left the house. Will pinned the canvas back over the broken window and we made our way home in the heat of the day. The others noticed I was unusually quiet and they said so. There was my chance to tell them but of course I could not. Will had stolen a march on me. But there was one curious benefit deriving from what had happened to me in the room with the closed shutters and the slamming door. My jealousy, resentment, insecurity I suppose we would call it now, over Piers and Rosario had quite gone. The new anxiety had cast the other out.

Nothing would have got me back to the *Casita*. As we walked across the hillside, among the prickly juniper and the yellow broom, the green-leaved arbutus and the sage, I was cold in the hot sun, I was staring ahead of me, afraid to look back. I did not look back once. And later that day, gazing across the countryside from my bedroom window, although the *Casita* was not visible from there, I would not even look in its direction, I would not even look at the ridge of hillside which hid it.

*

That evening Piers and Rosario went out alone together for the first time.

Nous redescendîmes pour retrouver les autres et nous quittâmes la maison. Will recloua le morceau de tissu sur la fenêtre fracturée et nous prîmes le chemin du retour, en pleine chaleur. Intrigués par mon silence inhabituel, ils m'en firent la remarque. Ç'aurait été l'occasion de tout leur dire, mais je ne le pouvais plus. Will m'avait coupé l'herbe sous le pied. Curieusement, pourtant, ma mésaventure dans la pièce aux volets clos et à la porte battante avait eu une conséquence bénéfique. La jalousie, la rancœur, le sentiment d'insécurité, comme on dirait aujourd'hui, que j'éprouvais à l'égard de Piers et de Rosario, s'étaient dissipés. Une peur avait chassé l'autre.

Pour rien au monde je ne serais retournée à la *Casita*. En retraversant la colline, parmi les genévriers piquants, les genêts jaunes, les sauges et les arbousiers aux feuilles vertes, j'avais froid malgré le soleil éclatant et je regardais droit devant moi, pour ne pas regarder en arrière. Je ne me retournai pas une seule fois. Et un peu plus tard, alors que je contemplais le paysage de la fenêtre de ma chambre, je me retins de porter les yeux en direction de la *Casita*, que je n'aurais d'ailleurs pas pu voir, et même de les poser sur la crête des collines qui la cachaient.

*

Ce soir-là, Piers et Rosario sortirent seuls tous les deux, pour la première fois.

There was no intention to deceive, I am sure, but my parents thought they had gone with me and Will and Will's mother to see the country dancing at Muro. It was said the *ximbombes* would be played and we wanted to hear them. Piers and Rosario had also shown some interest in these Mallorquin drums but they had not come with us. Will thought they had gone with my parents to see the Roman theatre, newly excavated at Puerto de Belver, although by then it was too dark to see anything.

When we got home they were already back. They were out on the veranda, sitting at the table. The moon was bright and the cicadas very noisy and of course it was warm, the air soft and scented. I had not been alone at all since my experience of the morning and I did not want to be alone then, shrouded by my mosquito net and with the moonlight making strange patterns on the walls. But almost as soon as I arrived home Rosario got up and came upstairs to bed. We hardly spoke, we had nothing to say to each other any more.

Next evening they went out together again. My father said to Piers,

"Where are you going?"

"For a walk."

I thought he would say, "Take Petra", because that was what he was almost certain to say, but he did not. His eyes met my mother's. Did they?

Ils ne cherchèrent pas à tromper la confiance de mes parents, j'en suis sûre, mais ceux-ci crurent qu'ils étaient allés à Muro, avec Will, sa mère et moi, voir des danses folkloriques. Le bruit avait couru qu'il y aurait des joueurs de *ximbombes* et nous étions curieux de les entendre. Piers et Rosario avaient eux aussi manifesté de l'intérêt pour ces tambours majorquins, mais ils ne nous avaient pas accompagnés. Will pensait qu'ils étaient partis avec mes parents, pour visiter le théâtre romain que l'on venait de mettre au jour à Puerto de Belver, bien qu'il fît trop sombre, à cette heure, pour voir quoi que ce soit.

À notre retour, ils étaient déjà là, assis à la table, sur la véranda. La lune brillait de tout son éclat, les grillons s'en donnaient à cœur joie et, bien entendu, l'air était tiède, doux et parfumé. Depuis mon aventure de la matinée, je n'avais pas été seule une minute et je n'avais pas davantage envie de l'être maintenant, ensevelie sous la moustiquaire, avec le clair de lune qui dessinait d'étranges motifs sur le mur. Mais à peine étais-je rentrée que Rosario monta se coucher. Nous n'échangeâmes que quelques paroles ; nous n'avions plus rien à nous dire.

Le lendemain soir, ils sortirent de nouveau ensemble. « Où allez-vous ? demanda mon père à Piers.

— Faire une promenade. »

J'avais cru qu'il dirait : « Emmenez Petra », mais contrairement à toute attente, il ne le fit pas. Son regard croisa celui de ma mère. Cela se passa-t-il vraiment ainsi ?

Can I remember that? I am sure their eyes must have met and their lips twitched in small indulgent smiles.

It was moonlight. I went upstairs and looked out of the window of my parents' room. The village was a string of lights stretched along the shore, a necklace in which, here and there, beads were missing. The moon did not penetrate these dark spaces. A thin phosphorescence lay on the calm sea. There was no one to be seen. Piers and Rosario must have gone the other way, into the country behind. I thought, suppose I turn round and there, in the corner of this room, in the shadows, that man is.

I turned quickly and of course there was nothing. I ran downstairs and to while away the evening, my parents and I, we played a lonely game of beggar-my-neighbour. Piers and Rosario walked in at nine. On the following day we were on the beach where Will, for whom every day was April Fool's Day, struck dismay into our hearts with a tale of a new invasion of jellyfish. He had seen them heading this way from the hotel pier.

This was soon disproved. Will was forgiven because it was his next but last day. He boasted a lot about what he called his experiences in the "haunted room" of the *Casita* two days before, claiming that he had had to fight with the spirits who tried to drag him through the wall.

Est-il réellement possible que je m'en souvienne ? Oui, je suis sûre que leurs yeux se sont rencontrés et qu'un sourire indulgent leur est venu aux lèvres.

Il faisait clair de lune. Je montai et me mis à la fenêtre de la chambre de mes parents. Le village était pareil à un chapelet de lumières posé le long du rivage, un collier auquel il manquait, çà et là, quelques perles. La lune ne pénétrait pas dans ces plages d'obscurité. Une pellicule phosphorescente recouvrait la mer étale. On ne voyait pas âme qui vive. Piers et Rosario avaient dû aller de l'autre côté, vers l'intérieur. Soudain, je pensai : «Et si je me retournais et que là, dans un coin de la chambre, sortant de la pénombre, cet homme m'apparaissait ? »

C'est ce que je fis aussitôt, mais bien entendu, il n'y avait personne. Je redescendis en courant et, pour passer le temps, je jouai à la bataille avec mes parents. Piers et Rosario rentrèrent à neuf heures. Le lendemain nous étions sur la plage quand Will, pour qui c'était tous les jours le 1er avril, nous plongea dans la consternation en annonçant une seconde invasion de méduses. Il les avait vues arriver dans notre direction, depuis le ponton de l'hôtel.

Cette nouvelle fut rapidement démentie, et Will pardonné parce que c'était son avant-dernière journée à Llosar. Il ne cessait de la ramener avec ce qu'il appelait son expérience dans la «pièce hantée» de la *Casita* et prétendait s'être battu avec des esprits qui voulaient l'entraîner de l'autre côté du mur.

I said nothing, I could not have talked about it. When siesta time came I lay down on my bed and I must have slept, for Rosario had been on the other bed but was gone when I awoke, although I had not heard or seen her leave.

They were gone, she and my brother, when I came downstairs and the rest of us were preparing to go with Will and his parents in a hired car to see the gardens of a Moorish estate.

"Piers and Rosario won't be coming with us," my mother said, looking none too pleased, and feeling perhaps that politeness to the Harveys demanded more explanation. "They've found some local fisherboy to take them out in his boat. They said, would you please excuse them."

Whether this fisherboy story was true or not, I don't know. I suspect my mother invented it. She could scarcely say — well, not in those days — "My son wants to be alone with his girlfriend." Perhaps there was a boy and a boat and perhaps this boy was questioned when the time came. I expect everyone who might have seen or spoken to Piers and Rosario was questioned, everyone who might have an idea of their whereabouts, because they never came back.

Je ne disais rien, il m'était impossible de parler de ça. Quand vint l'heure de la sieste, j'allai m'allonger et je dus m'endormir, car Rosario, qui s'était couchée sur son lit, à côté du mien, n'était plus là quand je sortis de ma torpeur, alors que je ne l'avais pas entendue se lever.

Quand je descendis, elle était déjà partie avec mon frère. Le reste de la famille se préparait pour aller visiter avec Will et ses parents les jardins d'une villa mauresque, dans une voiture de location.

«Piers et Rosario ne viendront pas», dit maman, qui n'avait pas l'air très contente. «Ils ont trouvé un pêcheur qui va les emmener faire une promenade en bateau. Ils vous prient de les excuser», ajouta-t-elle, se croyant peut-être obligée, par politesse, de donner des explications aux Harvey.

Cette histoire de pêcheur était-elle vraie? je n'en sais rien. Je soupçonne ma mère de l'avoir inventée. Elle ne pouvait évidemment pas dire — pas à cette époque, en tout cas : «Mon fils a envie d'être seul avec sa petite amie.» Peut-être y avait-il bien un pêcheur et un bateau, et sans doute cet homme fut-il interrogé le moment venu. Je suppose qu'on questionna tous ceux qui avaient rencontré Piers et Rosario, ou qui leur avaient parlé, tous ceux qui auraient pu avoir une idée de l'endroit où ils étaient allés, car jamais plus on ne les revit.

In those days there were few eating places on
the island, just the dining rooms of the big hotels
or small local *tabernas*. On our way back from the
Moorish gardens we found a restaurant, newly
opened with the increase of tourism, at a place
called Petra. Of course this occasioned many
kindly jokes on my name and the proprietor of
the *Restorán del Toro* was all smiles and welcome.

Piers and Rosario's evening meal was to have
been prepared by Concepçion. She was gone
when we returned and they were still out. My
parents were cross. They were abstracted and
unwilling to say much in front of me, although I
did catch one sentence, an odd one and at the
time incomprehensible.

"Their combined ages only add up to thirty-
one!"

It is not unusual to see displeasure succeeded
by anxiety. It happens all the time.

En ce temps-là, il y avait très peu de restaurants
sur l'île. On ne pouvait manger que dans les
grands hôtels ou dans de petites *tabernas* locales.
En revenant des jardins mauresques, nous trou-
vâmes un établissement qui venait de s'ouvrir,
par suite de l'afflux des touristes, dans un village
nommé Petra. Ce fut évidemment l'occasion
de maintes plaisanteries bienveillantes sur mon
prénom, et le patron du *Restorán del Toro* nous
réserva un charmant accueil.

Concepçion avait été chargée de préparer un
dîner pour Piers et Rosario. À notre retour, elle
était déjà partie, mais eux n'étaient pas encore
rentrés. Mes parents étaient fâchés. Je les sentais
préoccupés ; ils se retenaient de parler devant
moi, mais il leur échappa cependant une curieuse
réflexion, que j'avais alors trouvée incompréhen-
sible.

« À eux deux, ils ont tout juste trente et un
ans ! »

Il n'est pas rare que le mécontentement cède
le pas à l'anxiété. On voit ça tout le temps.

They're late, it's inexcusable, where are they, they're not coming, something's happened. At about half-past nine this change-over began. I was questioned. Did I have any idea where they might be going? Had they said anything to me?

We had no telephone. That was far from unusual in a place like that forty years ago. But what use could we have put it to if we had had one? My father went out of the house and I followed him. He stood there looking up and down the long shoreline. We do this when we are anxious about people who have not come, whose return is delayed, even though if they are there, hastening towards us, we only shorten our anxiety by a moment or two. They were not there. No one was there. Lights were on in the houses and the strings of coloured lamps interwoven with the vine above the hotel pier, but no people were to be seen. The waning moon shone on an empty beach where the tide crawled up a little way and trickled back.

Apart from Concepçion, the only people we really knew were Will's parents and when another hour had gone by and Piers and Rosario were not back my father said he would walk down to the hotel, there to consult with the Harveys. Besides, the hotel had a phone. It no longer seemed absurd to talk of phoning the police. But my father was making a determined effort to stay cheerful.

Ils sont en retard, c'est inexcusable, où sont-ils ? ils ne sont pas encore rentrés, il leur est arrivé quelque chose. Ce revirement se produisit vers vingt et une heures trente. On me questionna. Avais-je une idée de l'endroit où ils étaient allés ? Est-ce qu'ils m'avaient dit quelque chose ?

Nous n'avions pas le téléphone. Il y a quarante ans, dans ce pays, cela n'avait rien de surprenant. De toute manière, à quoi nous aurait-il servi ? Mon père sortit et je le suivis. Il s'arrêtait fréquemment pour inspecter le rivage. C'est une chose qu'on fait lorsqu'on s'inquiète pour quelqu'un qui ne rentre pas, qui est en retard, alors même que si on l'apercevait, en train de se hâter à notre rencontre, notre anxiété n'en serait abrégée que de quelques instants. Mais ils n'étaient nulle part. Il n'y avait personne. Les lumières brillaient aux maisons, ainsi que la guirlande d'ampoules colorées qui courait dans la vigne recouvrant le ponton de l'hôtel, mais on ne voyait pas âme qui vive. La lune décroissante illuminait une plage déserte que les vagues venaient doucement grignoter.

En dehors de Concepçion, les seules personnes que nous connaissions bien à Llosar étaient les parents de Will et, au bout d'une heure, Piers et Rosario n'étant toujours pas là, mon père résolut d'aller à l'hôtel pour demander conseil aux Harvey. De plus, leur hôtel avait le téléphone. L'idée de contacter la police ne nous semblait plus si absurde. Mon père faisait toutefois un effort louable pour rester optimiste.

159

As he left, he said he was sure he would meet Piers and Rosario on his way.

No one suggested I should go to bed. My father came back, not with Will's parents who were phoning the police "to be on the safe side", but with Concepçion at whose cottage in the village he had called. Only my mother could speak to her but even she could scarcely cope with the Mallorquin dialect. But we soon all understood, for in times of trouble language is transcended. Concepçion had not seen my brother and cousin that evening and they had not come for the meal she prepared for them. They had been missing since five.

That night remains very clearly in my memory, every hour distinguished by some event. The arrival of the police, the searching of the beach, the assemblage in the hotel foyer, the phone calls that were made from the hotel to other hotels, notably the one at Formentor, and the incredible inefficiency of the telephone system. The moon was only just past the full and shining it seemed to me for longer than usual, bathing the village and shoreline with a searching whiteness, a providential floodlighting. I must have slept at some point, we all must have, but I remember the night as white and wakeful. I remember the dawn coming with tuneless birdsong and a cool pearly light.

Au moment de partir, il déclara qu'il était sûr de rencontrer Piers et Rosario en chemin.

Personne ne songea à m'envoyer au lit. Mon père revint accompagné, non par les parents de Will qui téléphonaient à la police « pour plus de sûreté », mais par Concepçion chez qui il était passé. Ma mère était la seule à pouvoir communiquer avec elle, bien qu'elle ne sût que quelques mots du dialecte majorquin. De toute manière, nous ne fûmes pas longs à comprendre, comme toujours quand les nouvelles sont mauvaises. Concepçion n'avait vu ni mon frère ni ma cousine ; ils n'étaient pas rentrés manger ce qu'elle leur avait préparé. On ne les avait pas revus depuis cinq heures de l'après-midi.

Cette nuit est restée gravée dans ma mémoire, chacune de ses heures ayant été marquée par un événement. L'arrivée de la police, la battue effectuée sur la plage, le rassemblement dans le hall de l'hôtel, les coups de fil lancés à d'autres établissements, en particulier celui de Formentor, et l'incroyable inefficacité du réseau téléphonique. La lune commençait à peine à décroître, et il me sembla qu'elle brillait plus longtemps qu'à l'accoutumée, baignant le village et le rivage dans une blancheur pénétrante, un éclairage providentiel. Comme tout le monde, je dus m'assoupir un peu, mais c'est le souvenir d'une nuit blanche que j'ai conservé en mémoire. Je me souviens de l'arrivée de l'aube, marquée par le chant discordant des oiseaux et la lumière froide.

The worst fears of the night gave place in the warm morning to what seemed like more realistic theories. At midnight they had been dead, drowned, but by noon theirs had become a voluntary flight. Questioned, I said nothing about the cypress tree, entwined in the garden, but Will was not so reticent. His last day on the island had become the most exciting of all. He had seen Piers and Rosario kissing, he said, he had seen them holding hands. Rolling his eyes, making a face, he said they were "in lo-ove". It only took a little persuasion to extract from him an account of our visit to the *Casita* and a quotation from Piers, probably Will's own invention, to the effect that he and Rosario would go there to be alone.

The *Casita* was searched. There was no sign that Piers and Rosario had been there. No fisherman of Llosar had taken them out in his boat, or no one admitted to doing so. The last person to see them, at five o'clock, was the priest who knew Rosario and who had spoken to her as they passed. For all that, there was for a time a firm belief that my brother and Rosario had run away together. Briefly, my parents ceased to be afraid and their anger returned. For a day or two they were angry, and with a son whose behaviour had scarcely ever before inspired anger. He who was perfect had done this most imperfect thing.

Ronald and Iris Harvey postponed their departure.

Dans la tiédeur du matin, les pires suppositions de la nuit cédèrent la place à des hypothèses en apparence plus réalistes. À minuit, ils étaient morts, noyés, mais à midi on qualifiait leur disparition de volontaire. Interrogée, je ne dis mot du cyprès aux troncs entrelacés, mais Will se montra moins réservé. Sa dernière journée dans l'île devint la plus excitante de toutes. Il avait vu Piers et Rosario s'embrasser, ils les avait vus se prendre la main. Les yeux écarquillés, la figure déformée par une grimace, il déclara qu'ils étaient « aaamoureux ». Il ne fallut pas le pousser beaucoup pour qu'il raconte notre expédition à la *Casita* et qu'il rapporte des propos de Piers, probablement inventés par lui, disant qu'il y retournerait pour y être seul avec Rosario.

On fouilla la *Casita*, sans y trouver le moindre indice de leur passage. Aucun pêcheur de Llosar ne les avait emmenés dans son bateau, c'est du moins ce qu'ils prétendirent tous. La dernière personne à les avoir vus, à dix-sept heures, était le curé, qui connaissait Rosario et lui avait dit quelques mots en les croisant. Tout cela nous conduisit à croire un moment que Rosario et mon frère avaient fait une fugue. L'inquiétude de mes parents s'apaisa provisoirement et leur indignation resurgit. Pendant un jour ou deux, ils ressentirent un violent courroux à l'égard de ce fils qui, jusque-là, ne leur avait pratiquement jamais donné aucune raison d'en éprouver. Lui qui avait toutes les qualités, il s'était conduit de façon inqualifiable.

Ronald et Iris Harvey retardèrent leur départ.

163

I think Iris liked my mother constantly telling her what a rock she was and how we could not have done without her. José-Carlos and Micaela were sent for. As far as I know they uttered no word of reproach to my parents. Of course, as far as I know is not very far. And I had my own grief — no, not that yet. My wonder, my disbelief, my panic.

Piers's passport was not missing. Rosario was in her own country and needed no passport. They had only the clothes they were wearing. Piers had no money, although Rosario did. They could have gone to the mainland of Spain. Before the hunt was up they had plenty of time to get to Palma and there take a boat for Barcelona. But the police found no evidence to show that they had been on the bus that left Llosar at six in the evening, and no absolute evidence that they had not. Apart from the bus the only transport available to them was a hired car. No one had driven them to Palma or anywhere else.

The difficulty with the running away theory was that it did not at all accord with their characters. Why would Piers have run away? He was happy. He loved his school, he had been looking forward to this sixth form year, then to Oxford. My mother said, when Will's mother presented to her yet again the "Romeo and Juliet" theory,

À mon avis, Iris se délectait d'entendre ma mère lui répéter sans cesse qu'elle était un roc et qu'elle se demandait ce que nous aurions fait sans elle. On prévint José-Carlos et Micaela. À ma connaissance, ils n'adressèrent pas le moindre reproche à mes parents. Mais, bien sûr, je n'ai peut-être pas tout su. Et puis j'avais mon chagrin, moi aussi… non, pas ça, pas encore. Ma stupéfaction, mon incrédulité, ma panique.

Le passeport de Piers était resté à la maison. Rosario n'en avait pas besoin, puisqu'elle se trouvait dans son pays. Ils n'avaient pas d'autres vêtements que ceux qu'ils portaient sur eux. Mon frère n'avait pas d'argent, mais Rosario en possédait un peu. Ils s'étaient peut-être embarqués pour l'Espagne. Avant qu'on lance des recherches, ils avaient eu largement le temps d'aller à Palma et de prendre un bateau pour Barcelone. Mais la police ne découvrit aucun indice permettant de dire qu'ils étaient montés dans le car qui quittait Llosar à six heures de l'après-midi, ni d'ailleurs aucune preuve du contraire. En dehors de ce car, seule une voiture de location aurait pu les transporter. Personne ne les avait emmenés ni à Palma, ni ailleurs.

Le problème avec l'hypothèse de la fugue était qu'elle ne collait pas avec leurs personnalités. Pourquoi Piers aurait-il fait ça ? Il était très heureux dans son école, où il n'avait plus qu'une année à faire avant d'entrer à Oxford. Quand la mère de Will remit sur le tapis son histoire de Roméo et Juliette, maman rétorqua :

"But we wouldn't have stopped him seeing his cousin. We'd have invited her to stay. They could have seen each other every holiday. We're not strict with our children, Iris. If they were really that fond of each other, they could have been engaged in a few years. But they're so young!"

At the end of the week a body was washed up on the beach at Alcudia. It was male and young, had a knife wound in the chest, and for a few hours was believed to be that of Piers. Later that same day a woman from Muralla identified it as a man from Barcelona who had come at the beginning of the summer and been living rough on the beach. But that stab wound was very ominous. It alerted us all to terrible ideas.

The *Casita* was searched again and its garden. A rumour had it that part of the garden was dug up. People began remembering tragedies from the distant past, a suicide pact in some remote inland village, a murder in Palma, a fishing boat disaster, a mysterious unexplained death in a hotel room. We sat at home and waited and the time our departure from the island was due, came and went. We waited for news, we three with José-Carlos and Micaela, all of us but my mother expecting to be told of death. My mother, then and in the future, never wavered in her belief that Piers was alive and soon to get in touch with her.

« Mais nous ne l'aurions pas empêché de voir sa cousine. Nous l'aurions même invitée chez nous. Ils auraient pu se voir à toutes les vacances. Nous ne sommes pas si sévères avec nos enfants, Iris. Si vraiment ils s'aimaient à ce point, ils auraient pu se fiancer dans quelques années. Mais ils sont si jeunes ! »

À la fin de la semaine, la mer rejeta un cadavre sur la plage d'Alcudia. Celui d'un homme jeune, dont la poitrine portait une blessure au couteau, et pendant quelques heures on crut que c'était Piers. Un peu plus tard dans la journée, une femme de Muralla identifia le corps et déclara qu'il s'agissait d'un Barcelonais arrivé au début de l'été, une sorte de vagabond qui vivait sur la plage. Mais ce coup de couteau nous parut un funeste présage. Il fit naître en nous d'horribles suppositions.

On fouilla à nouveau la *Casita* et son jardin. Le bruit courait qu'un coin de terrain avait été retourné. Les gens commencèrent à se remémorer des drames lointains, un pacte de se suicider ensemble conclu dans un village reculé de l'arrière-pays, un assassinat à Palma, le naufrage d'un bateau de pêche, un mystérieux décès dans une chambre d'hôtel. Enfermés dans la villa, nous attendions, puis vint et passa le jour prévu pour notre départ. Nous attendions des nouvelles, mes parents, José-Carlos, Micaela et moi, et tous, sauf maman, nous redoutions le pire. Pas un instant ma mère ne faillit dans sa certitude que Piers était vivant et qu'il n'allait pas tarder à lui faire signe.

After a week the Harveys went home, but not to disappear from our lives. Iris Harvey had become my mother's friend, they were to remain friends until my mother's death, and because of this I continued to know Will. He was never very congenial to me, I remember to this day the *enjoyment* he took in my brother's disappearance, his unholy glee and excitement when the police came, when he was permitted to be with the police on one of their searches. But he was in my life, fixed there, and I could not shed him. I never have been able to do so.

One day, about three weeks after Piers and Rosario were lost, my father said,

"I am going to make arrangements for us to go home on Friday."

"Piers will expect us to be here," said my mother. "Piers will write to us here."

My father took her hand. "He knows where we live."

"I shall never see my daughter again," Micaela said. "We shall never see them again, you know that, we all know it, they're dead and gone." And she began crying for the first time, the unpractised sobs of the grown-up who has been tearless for years of happy life.

My father returned to Majorca after two weeks at home. He stayed in Palma and wrote to us every day, the telephone being so unreliable.

Au bout d'une semaine, les Harvey repartirent, sans toutefois disparaître de notre existence. Iris Harvey s'était liée avec ma mère d'une amitié qui ne prit fin qu'avec la mort de celle-ci, et c'est ainsi que j'ai continué à voir Will. Il ne m'a jamais été très sympathique, je me souviens encore du *plaisir* que lui avait causé la disparition de mon frère, de sa joie et sa fébrilité quand les policiers étaient arrivés et l'avaient autorisé à participer à la battue. Mais il était là, il faisait partie de ma vie, et je ne pouvais pas m'en débarrasser. Je n'en ai jamais été capable.

Un jour, trois semaines environ après la disparition de Piers et de Rosario, mon père nous dit :

« Je vais faire le nécessaire pour qu'on puisse rentrer à la maison vendredi.

— Piers doit penser que nous sommes restés ici, répliqua maman. Piers va nous écrire ici.

— Il connaît notre adresse, dit papa en lui prenant la main.

— Je ne reverrai jamais plus ma fille, dit Micaela. Nous ne les reverrons jamais. Vous le savez. Nous le savons tous, ils sont morts, c'est certain. » Elle pleura pour la première fois, avec ces sanglots maladroits des adultes qui n'ont pas pleuré depuis longtemps, parce qu'ils n'ont connu jusque-là que du bonheur.

Deux semaines après notre retour, mon père repartit pour Majorque. Il s'installa à Palma et nous écrivit tous les jours, les liaisons téléphoniques étant très aléatoires.

When he wasn't with the police he was travelling about the island in a rented car with an interpreter he had found, making enquiries in all the villages. My mother expected a letter by every post, not from him but from Piers. I have since learned that it is very common for the mothers of men who have disappeared to refuse to accept that they are dead. It happens all the time in war when death is almost certain but cannot be proved. My mother always insisted Piers was alive somewhere and prevented by circumstances from coming back or from writing. What circumstances these could possibly have been she never said and arguing with her was useless.

The stranger thing was that my father, who in those first days seemed to accept Piers's death, later came part of the way round to her opinion. At least, he said it would be wrong to talk of Piers as dead, it would be wrong to give up hope and the search. That was why, during the years ahead, he spent so much time, sometimes alone and sometimes with my mother, in the Balearics and on the mainland of Spain.

Most tragically, in spite of their brave belief that Piers would return or the belief that they *voiced*, they persisted in their determination to have more children, to compensate presumably for their loss. At first my mother said nothing of this to me and it came as a shock when I overheard her talking about it to Iris Harvey.

Quand il n'était pas dans les bureaux de la police, il sillonnait l'île dans une voiture de location, en compagnie d'un interprète, pour effectuer des enquêtes dans les villages. Ma mère attendait une lettre à chaque courrier, pas une lettre de lui, mais de Piers. Je sais maintenant qu'il est fréquent qu'une mère dont le fils a disparu refuse de considérer qu'il est mort. C'est une chose courante, en temps de guerre, quand il n'existe pas de preuve absolue de la mort d'un combattant. Ma mère continuait à dire que Piers était vivant, quelque part, et que des circonstances particulières l'empêchaient de revenir ou d'écrire. De quelles circonstances pouvait-il bien s'agir ? elle ne le disait jamais et il était vain de discuter avec elle.

Le plus curieux c'est que mon père, qui avait d'abord paru se résigner à la mort de son fils, finit par se rallier à sa théorie. Il disait en tout cas qu'il ne fallait pas parler de Piers comme s'il n'était plus, que c'était mal d'abandonner espoir et recherches. C'est pourquoi, pendant les années qui suivirent, il fit de si longs séjours aux Baléares et en Espagne continentale, seul ou avec ma mère.

Le plus tragique, c'est que, malgré leur conviction que Piers allait revenir, ou du moins leur *apparente* conviction, mes parents persistaient à vouloir d'autres enfants, sans doute pour compenser la perte qu'ils venaient de subir. Ma mère ne m'en avait jamais parlé et j'eus un choc en l'entendant un jour évoquer la question avec Iris Harvey.

When I was fifteen she had a miscarriage and later that year, another. Soon after that she began to pour out to me her hopes and fears. I cannot have known then that my parents were doomed to failure but I seemed to know, I seemed to sense in my gloomy way perhaps, that something so much wished-for would never happen. It would not be allowed by the fates who rule us.

"I shouldn't be talking like this to you," she said, and perhaps she was right. But she went on talking like that. "They say that longing and longing for a baby prevents you having one. The more you want the less likely it is."

This sounded reasonable to me. It accorded with what I knew of life.

"But no one tells you how to stop longing for something you long for," she said.

When they went to Spain I remained behind. I stayed with my Aunt Sheila who told me again and again she thought it a shame my parents could not be satisfied with the child they had. I should have felt happier in her house if she had not asked quite so often why my mother and father did not take me with them.

"I don't want to go back there," I said. "I'll never go back."

J'avais quinze ans quand elle fit une fausse couche, suivie d'une seconde, la même année. Peu après, elle commença à me prendre pour confidente de ses espoirs et de ses inquiétudes. Je ne pouvais pas savoir, à l'époque, que les tentatives de mes parents étaient vouées à l'échec, mais je devais sentir obscurément qu'il était impossible qu'un désir aussi violent se concrétise. Les lois du destin qui nous gouverne ne le permettraient pas.

«Je ne devrais pas te parler comme ça», disait-elle — à juste raison, peut-être, mais elle le disait quand même. «Il paraît que le fait de vouloir un enfant à tout prix empêche justement d'en avoir. Plus on le désire, moins il y a de chances.»

Ce raisonnement me semblait logique. Il était en accord avec ce que je savais de la vie.

«Hélas, on ne nous dit pas comment faire pour cesser de désirer une chose qu'on désire», disait-elle.

Quand ils partaient pour l'Espagne, je restais en Angleterre. On m'envoyait chez ma tante Sheila qui me répétait sans cesse que c'était bien dommage que mes parents ne se contentent pas de l'enfant qu'ils avaient. J'aurais été plus heureuse auprès d'elle si elle ne m'avait pas si souvent demandé pourquoi mon père et ma mère ne m'emmenaient jamais avec eux.

«Je n'ai pas envie de retourner là-bas, disais-je. Je n'y retournerai jamais.»

The loss of his son made my father rich. His
wealth was the direct result of Piers's disappearance. If Piers had come back that night we should
have continued as we were, an ordinary middle-
class family living in a semi-detached suburban
house, the breadwinner a surveyor with the local
authority. But Piers's disappearance made us rich
and at the same time did much to spoil Spain's
Mediterranean coast and the resorts of Majorca.

He became a property developer. José-Carlos,
already in the building business, went into partnership with him, raised the original capital, and as
the demands of tourism increased, they began to
build. They built hotels : towers and skyscrapers,
shoe-box shapes and horseshoe shapes, hotels
like ziggurats and hotels like Piranesi palaces.
They built holiday flats and plazas and shopping
precincts.

7

La perte de son fils fit de mon père un homme
riche. La disparition de Piers fut la cause directe
de sa réussite. Si mon frère était rentré à la maison, ce soir-là, nous aurions continué à être ce que
nous étions, une famille de petits-bourgeois ordi-
naires habitant un modeste pavillon de banlieue
et vivant sur le salaire d'un géomètre employé
par la municipalité. Mais ce drame nous rendit
riches, en même temps qu'il contribua beaucoup
à abîmer la côte méditerranéenne espagnole et
l'île de Majorque.

Mon père se lança dans l'immobilier. Il monta
une société avec José-Carlos qui, étant déjà dans
le métier, rassembla les premiers capitaux ; puis,
le tourisme prenant de l'extension, ils commencèrent à bâtir. Ils élevèrent des hôtels : tours,
gratte-ciel, machins en forme de boîtes à chaussures, en forme de fers à cheval, édifices copiés
sur des ziggourats ou encore sur des palais de
Piranese. Ils construisirent des appartements
pour les estivants, des plazas, des centres com-
merciaux.

My father's reason for going to Spain was to find his son, his reason for staying was this new enormously successful building enterprise.

He built a house for himself and my mother on the north-west coast at Puerto de Soller. True to my resolve I never went there with them and eventually my father bought me a house in Hampstead. He and my mother passed most of their time at Puerto de Soller, still apparently trying to increase their family, even though my mother was in her mid-forties, still advertising regularly for Piers to come back to them, wherever he might be. They advertised, as they had done for years, in the *Majorca Daily Bulletin* as well as Spanish national newspapers and *The Times*. José-Carlos and Micaela, on the other hand, had from the first given Rosario up as dead. My mother told me they never spoke of her. Once, when a new acquaintance asked Micaela if she had any children, she had replied with a simple no.

If they had explanations for the disappearance of Piers and Rosario, I never heard them. Nor was I ever told what view was taken by the National Guard, severe brisk-spoken men in berets and brown uniforms. I evolved theories of my own. They *had* been taken out in a boat, had both drowned and the boatman been too afraid later to admit his part in the affair.

Si mon père était parti en Espagne, c'était pour rechercher son fils, s'il y resta, ce fut à cause de la prodigieuse réussite de son entreprise immobilière.

Il fit construire une villa pour ma mère et pour lui sur la côte nord-ouest, à Puerto de Soller. Fidèle à ma résolution, je n'y vins jamais et, finalement, il m'acheta une maison à Hampstead. Mes parents vivaient presque toute l'année à Puerto de Soller, s'acharnant toujours, semble-t-il, à vouloir agrandir leur famille, bien que ma mère eût déjà environ quarante-cinq ans, et continuant à passer dans les journaux des annonces demandant à Piers de revenir, où qu'il se trouvât. Ils en mettaient dans le *Majorca Daily Bulletin*, aussi bien que dans la presse nationale espagnole et dans le *Times*. En revanche, José-Carlos et Micaela s'étaient résignés, dès le début, à la mort de Rosario. Ma mère me disait qu'ils ne parlaient jamais d'elle. Un jour où quelqu'un avait demandé à Micaela si elle avait des enfants, elle avait répondu simplement « non ».

Si tant est que mes parents découvrirent des explications à la disparition de Piers et de Rosario, ils ne m'en firent jamais part. Pas plus que je ne sus quel était le point de vue des fonctionnaires de la Garde nationale, personnages sévères en uniforme marron, à la parole sèche et coiffés d'un béret. Je formais des hypothèses personnelles sur la question. Ils *étaient* partis en barque, ils s'étaient noyés tous les deux, et le pêcheur, paniqué, n'avait pas voulu avouer son rôle dans l'affaire.

The man whose body was found had killed them, hidden the bodies and then killed himself. My parents were right up to a point and they had run away together, being afraid of even a temporary enforced separation, but before they could get in touch had been killed in a road accident.

"That's exactly when you would know," Will said. "If they'd died in an accident that's when it would have come out."

He was on a visit to us with his mother during the school summer holidays, a time when my parents were always in England. The mystery of my brother's disappearance was a subject of unending interest to him. He never understood, and perhaps that kind of understanding was foreign to his nature, that speculating about Piers brought me pain. I remember to this day the insensitive terms he used. "Of course they've been bumped off," was a favourite with him, and "They'll never be found now, they'll just be bones by now."

But equally he would advance fantastic theories of their continued existence. "Rosario had a lot of money. They could have gone to Spain and stopped in a hotel and stolen two passports. They could have stolen passports from the other guests. I expect they earned money singing and dancing in cafés. Spanish people like that sort of thing. Or she could have been someone's maid. Or an artist's model. You can make a lot of money at that.

Après les avoir assassinés, l'homme dont on avait retrouvé le corps avait caché leurs corps, puis s'était suicidé. Ainsi que le prétendaient mes parents, ils s'étaient effectivement enfuis par crainte de devoir se séparer momentanément, mais ils avaient péri dans un accident de la route, avant de pouvoir donner de leurs nouvelles.

« Dans ce cas, on l'aurait su, rétorquait Will. S'ils s'étaient tués dans un accident, c'est pour le coup qu'on l'aurait su. »

Il était venu nous voir, avec sa mère, pendant les vacances d'été, que mes parents passaient toujours en Angleterre. Le mystère de la disparition de mon frère constituait pour lui un sujet d'un intérêt inépuisable. Il ne comprenait pas, car sans doute n'avait-il pas assez de sensibilité pour cela, que toutes ces spéculations me faisaient souffrir. Je me souviens encore de la brutalité avec laquelle il s'exprimait. « On les a sûrement flingués », était l'une de ses tournures favorites, et aussi : « Maintenant on ne les retrouvera plus jamais, il ne doit plus rester d'eux qu'un tas d'ossements. »

Mais il pouvait aussi bien échafauder d'extravagantes théories où ils étaient encore en vie. « Rosario avait beaucoup d'argent. Ils ont pu partir en Espagne, prendre une chambre dans un hôtel et voler deux passeports. Ils ont très bien pu dérober des papiers d'identité à d'autres clients. À mon avis, ils ont ensuite gagné leur vie en chantant et en dansant dans les cafés. Ça plaît aux Espagnols. Ou bien, elle s'est placée comme bonne, ou a posé comme modèle. C'est un moyen de se faire beaucoup d'argent.

You sit in a room with all your clothes off and people who're learning to be artists sit round and draw you."

Tricks and practical jokes still made a great appeal to him. To stop him making a phone call to my mother and claiming to be, with the appropriate accent, a Frenchman who knew Piers's whereabouts, I had to enlist the help of his own mother. Then, for quite a long time, we saw nothing of Ronald and Iris Harvey or Will in London, although I believe they all went out to Puerto de Soller for a holiday. Will's reappearance in my life was heralded by the letter of condolence he wrote to me seven years later when my mother died.

He insisted then on visiting me, on taking me about, and paying a curious kind of court to me. Of my father he said, with his amazing insensitivity,

"I don't suppose he'll last long. They were very wrapped up in each other, weren't they? He'd be all right if he married again."

My father never married again and, fulfilling Will's prediction, lived only another five years. Will did not marry either and I always supposed him homosexual. My own marriage, to the English partner in the international corporation begun by my father and José-Carlos, took place three years after my mother's death. Roger was very nearly a millionaire by then, two-and-a-half times my age.

On s'installe tout nu dans une pièce et les gens qui apprennent à devenir des artistes se mettent autour de vous pour vous dessiner. »

Il adorait toujours autant faire des farces. Pour l'empêcher de téléphoner à ma mère en prétendant, avec l'accent approprié, être un Français sachant où se trouvait Piers, je dus appeler sa mère à la rescousse. Puis, pendant un bon moment, nous ne vîmes plus ni Ronald et Iris Harvey ni Will à Londres, encore que je me demande s'ils ne sont pas tous allés en vacances à Puerto de Soller. La réapparition de Will dans ma vie fut précédée par une lettre de condoléances qu'il m'écrivit sept ans plus tard, à l'occasion de la mort de ma mère.

Il insista alors beaucoup pour venir me rendre visite ou pour m'inviter quelque part, et me fit alors la cour d'une façon curieuse. À propos de mon père, il déclara, avec sa stupéfiante insensibilité :

«Je ne pense pas qu'il lui survivra longtemps. Ils étaient tellement unis. À moins qu'il ne se remarie. »

Mon père ne se remaria jamais et, conformément à la prédiction de Will, ne survécut que cinq ans. Will non plus ne se maria pas et j'ai toujours pensé qu'il était homosexuel. Quant à moi, trois ans après la mort de ma mère, j'épousai un actionnaire britannique de la société internationale fondée par mon père et José-Carlos. Roger était alors presque millionnaire et avait deux fois et demie mon âge.

We led the life of rich people who have too little to do with their time, who have no particular interests and hardly know what to do with their money.

It was not a happy marriage. At least I think not, I have no idea what other marriages are like. We were bored by each other and frightened of other people but we seldom expressed our feelings and spent our time travelling between our three homes and collecting seventeenth century furniture. Apart from platitudes, I remember particularly one thing Roger said to me :

"I can't be a father to you, Petra, or a brother."

By then my father was dead. As a direct result of Piers's death I inherited everything. If he had lived or there had been others, things would have been different. Once I said to Roger,

"I'd give it all to have Piers back."

As soon as I had spoken I was aghast at having expressed my feelings so freely, at such a profligate flood of emotion. It was so unlike me. I blushed deeply, looking fearfully at Roger for signs of dismay, but he only shrugged and turned away. It made things worse between us.

Nous menâmes l'existence des gens riches qui n'ont pas grand-chose à faire de leur temps, qui ne s'intéressent à rien de particulier et ne savent plus comment dépenser leur argent.

Ce ne fut pas une union heureuse. À ce qu'il me semble, en tout cas, car je n'ai aucun point de comparaison. Nous nous inspirions mutuellement de l'ennui et les autres nous faisaient peur, mais nous nous épanchions rarement et passions notre temps à aller et venir entre nos trois résidences et à collectionner des meubles du xviie siècle. Outre quelques banalités, il y a une réflexion de Roger qui est restée gravée dans ma mémoire.

« Je ne peux pas être un père pour toi, Petra. Ni un frère. »

À l'époque, mon père était déjà décédé et, conséquence directe de la mort de Piers, j'avais hérité de tous ses biens. Si mon frère avait vécu ou si j'avais eu d'autres frères et sœurs, la situation aurait été différente. Je déclarai un jour à Roger :

« Je donnerais tout ce que je possède pour que Piers revienne. »

À peine ces paroles prononcées, je fus effarée de m'être exprimée aussi librement, de m'être laissée aller à un tel débordement d'émotion. Ça me ressemblait si peu. Je rougis violemment et examinai craintivement la physionomie de Roger, pensant y lire la consternation, mais il se contenta de hausser les épaules et de sortir de la pièce. Cet incident détériora encore nos rapports.

From that time I began talking compulsively about how my life would have been changed if my brother had lived.

"You would have been poor," Roger said. "You'd never have met me. But I suppose that might have been preferable."

That sort of remark I made often enough myself. I took no notice of it. It means nothing but that the speaker has a low self-image and no one's could be lower than mine, not even Roger's.

"If Piers had lived my parents wouldn't have rejected me. They wouldn't have made me feel that the wrong one of us died, that if I'd died they'd have been quite satisfied with the one that was left. They wouldn't have wanted more children."

"Conjecture," said Roger. "You can't know."

"With Piers behind me I'd have found out how to make friends."

"He wouldn't have been behind you. He'd have been off. Men don't spend their lives looking after their sisters."

When Piers and Rosario's disappearance was twenty years in the past a man was arrested in the South of France and charged with the murder, in the countryside between Bedarieux and Lodeve, of two tourists on a camping holiday.

À partir de ce jour, je ne pus m'empêcher de répéter à tout propos que ma vie aurait été complètement différente si mon frère avait vécu.

« Tu aurais été pauvre, rétorquait Roger. Tu ne m'aurais pas connu. D'ailleurs, ç'aurait sans doute mieux valu. »

Je ne répondais pas. C'était le genre de remarque que je me faisais souvent intérieurement et qui ne signifie rien sinon que la personne qui la formule a une piètre idée d'elle-même, et là-dessus, personne, pas même Roger, ne pouvait me concurrencer.

« Si Piers avait vécu, mes parents ne m'auraient pas rejetée. Ils ne m'auraient pas fait sentir que la mort s'était trompée de cible et que si j'étais morte, moi, ils se seraient contentés de l'enfant qui leur restait. Ils n'auraient pas essayé d'en avoir d'autres.

— Des suppositions, disait Roger. Tu n'en sais rien.

— Avec Piers près de moi, j'aurais appris à me faire des amis.

— Il ne serait pas resté près de toi. Il serait parti. Un homme ne passe pas sa vie à s'occuper de sa sœur. »

Vingt ans après la disparition de Piers et de Rosario, un individu fut arrêté dans le midi de la France et accusé d'avoir assassiné deux touristes dans un camping, quelque part entre Bédarieux et Lodève.

In court it was suggested that he was a serial killer and over the past two decades had possibly killed as many as ten people, some of them in Spain, one in Ibiza. An insane bias against tourists was the motive. According to the English papers, he had a violent xenophobia directed against a certain kind of foreign visitor.

This brought to mind the young man's body with the stab wound that had been washed up on the beach at Alcudia. And yet I refused to admit to myself that this might be the explanation for the disappearance of Piers and Rosario. Like my parents, Roger said, I clung to a belief, half fantasy, half hope, that somewhere they were still alive. It was a change of heart for me, this belief, it came with my father's death, as if I inherited it from him along with all his property.

And what of the haunted house, the *Casita de Golondro*? What of my strange experience there? I never forgot it, I even told Roger about it once, to have my story received with incomprehension and the remark that I must have been eating some indigestible Spanish food. But in the last year of his life we were looking for a house to buy, the doctors having told him he should not pass another winter in a cold climate. Roger hated "abroad", so it had to be in England, Cornwall or the Channel Islands.

Au cours du procès, on émit l'hypothèse qu'il était peut-être un tueur en série, ayant supprimé, au cours des vingt dernières années, une dizaine de personnes, dont plusieurs en Espagne et une à Ibiza. Il avait la phobie des touristes. D'après les journaux anglais, il éprouvait une violente xénophobie à l'encontre d'une certaine catégorie de visiteurs étrangers.

Cette affaire me rappela le corps du jeune homme poignardé, venu s'échouer sur la plage d'Alcudia. Pourtant je me refusais à admettre que c'était peut-être la clé de la disparition de Piers et de Rosario. De même que mes parents, disait Roger, je me raccrochais à l'espoir fantasmatique qu'ils étaient vivants, quelque part. Il s'agissait là pour moi d'un revirement, survenu à la mort de mon père, comme si j'en avais hérité avec le reste de ses biens.

Et la maison hantée, la *Casita de Golondro*? Qu'en était-il de l'étrange aventure que j'y avais vécue? J'y pensais toujours, j'en avais même parlé un jour à Roger, pour ne rencontrer de sa part qu'incompréhension et m'entendre dire que j'avais dû mal digérer un plat espagnol. Durant la dernière année avant sa mort, nous nous étions mis en quête d'une maison à acheter, les médecins lui ayant assuré qu'il ne survivrait pas à un hiver de plus dans un climat froid. Roger haïssait «l'étranger», il fallait donc orienter nos recherches en Angleterre, en Cornouailles ou dans les îles anglo-normandes.

In fact no house was ever bought, for he died that September, but in the meantime I had been viewing many possibilities and one of these was in the south of Cornwall, near Falmouth.

It was a Victorian house and big, nearly as big as the *Casita*, ugly Gothic but with wonderful views. An estate agent took me over it and, as it turned out, I was glad of his company. I had never seen such a thing before, or thought I had not, an internal room without windows. Not uncommon, the young man said, in houses of this age, and he hinted at bad design.

This room was on the first floor. It had no windows but the room adjoining it had, and in the wall which separated the two was a large window with a fanlight in it which could be opened. Thus light would be assured in the windowless room if not much air. The Victorians distrusted air, the young man explained.

I looked at this dividing window and twenty-eight years fell away. I was thirteen again and in the only darkened room of a haunted house, looking into a mirror. But now I understood. It was not a mirror.

En définitive on n'acheta de maison nulle part, car il mourut en septembre, mais entre-temps j'en avais visité plusieurs, dont une dans le sud de la Cornouailles, près de Falmouth.

C'était une immense bâtisse victorienne, presque aussi grande que la *Casita*. Elle était construite dans un style gothique atroce, mais jouissait d'une vue superbe. Un agent immobilier m'accompagnait, et, vu ce qui m'attendait, j'en fus bien contente. Je n'avais encore jamais rien vu de pareil, c'est du moins ce que je pensai, une pièce totalement aveugle. Une particularité assez fréquente dans les maisons de cette époque, m'avait dit le jeune homme, tout en laissant entendre qu'il pouvait s'agir d'une erreur de conception.

Cette pièce se trouvait au premier étage. Elle n'avait pas d'ouverture sur l'extérieur, mais la chambre contiguë en possédait et, dans le mur qui les séparait, était ménagée une grande fenêtre, avec une imposte qu'on pouvait ouvrir. Par conséquent, même si l'air était rare dans la pièce aveugle, la lumière y pénétrait toutefois. L'agent immobilier m'expliqua qu'à l'époque victorienne on se méfiait de l'air.

À la vue de cette fenêtre sur la cloison, vingt-huit années s'effacèrent d'un seul coup. J'avais de nouveau treize ans et j'étais dans l'unique pièce sombre d'une maison hantée, devant un miroir. Soudain, je compris tout : ce n'était pas un miroir.

It had not been reflecting the room in which I stood but affording me a sight of a room beyond, a room with windows and another door, and of its occupant. For a moment, standing there, remembering that door being opened, not a reflected but a real door, I made the identification between the man I had seen, the man at the wheel of the battered Citroën and the serial killer of Bedarieux. But it was too much for me to take, I was unable to handle something so monstrous and so ugly. I shuddered, suddenly seeing impenetrable darkness before me, and the young man asked me if I was cold.

"It's the house," I said. "I wouldn't dream of buying a house like this."

Will was staying with us at the time of Roger's death. He often was. In a curious way, when he first met Roger, before we were married, he managed to present himself in the guise of my rejected lover, the devoted admirer who knows it is all hopeless but who cannot keep away, so humble and selfless is his passion. Remarks such as "may the best man win" and "some men have all the luck" were sometimes uttered by him, and this from someone who had never so much as touched my hand or spoken to me a word of affection. I explained to Roger but he thought I was being modest. What other explanation could there be for Will's devotion?

Il ne réfléchissait pas la chambre où je me trouvais, mais me permettait de voir celle d'à côté, une pièce avec une autre porte et des fenêtres, ainsi que la personne se trouvant à l'intérieur. Alors, au souvenir de la porte qui s'était ouverte, non pas une porte en réflexion, mais une vraie porte, je fis le rapprochement entre l'homme qui m'était apparu, l'individu qui conduisait la vieille Citroën, et le tueur en série de Bédarieux. Mais c'était trop pour moi, j'étais incapable de faire face à une chose si monstrueuse et si laide. Je frissonnai, un mur de ténèbres impénétrables s'éleva soudain devant moi, et le jeune homme me demanda si j'avais froid.

« C'est cette maison, dis-je. Jamais je ne voudrais acheter une maison comme celle-là. »

Au moment de la mort de Roger, Will était chez nous, une fois de plus. Chose curieuse, quand il avait fait la connaissance de Roger, avant notre mariage, il était parvenu à se faire passer pour un amoureux éconduit, un admirateur dévoué qui sait qu'il n'y a pas d'espoir, mais qui reste là, tant sa passion est humble et désintéressée. Il lançait souvent des remarques telles que : « C'est peut-être le meilleur qui a gagné », ou « Il y en a qui ont toutes les chances », remarques surprenantes de la part d'un homme qui jamais ne m'avait même pris la main ou dit une parole affectueuse. C'est ce que j'avais dit à Roger, mais il pensait que j'étais trop modeste. Comment expliquer autrement la fidélité de Will ?

Why else but from long-standing love of me would he phone two or three times a week, bombard me with letters, angle for invitations? Poor Roger had made his fortune too late in life to understand that the motive for pursuing me might be money.

Roger died of a heart attack sitting at his desk in the study. And there Will found him when he went in with an obsequious cup of tea on a tray, even though we had a housekeeper to do all that. He broke the news to me with the same glitter-eyed relish as I remembered him recounting to the police tales of the little haunted house. His voice was lugubrious but his eyes full of pleasure.

Three months later he asked me to marry him. Without hesitating for a moment, I refused.

"You're going to be very lonely in the years to come."

"I know," I said.

À part un amour de très longue date, qu'est-ce qui pouvait le pousser à me téléphoner deux ou trois fois par semaine, à me bombarder de lettres, à quémander des invitations? Pauvre Roger, il avait fait fortune trop tard dans la vie pour comprendre que Will agissait peut-être uniquement par intérêt.

Roger mourut d'une crise cardiaque, alors qu'il était assis à sa table de travail, dans son bureau. C'est là que Will le trouva, tandis qu'il venait lui apporter servilement une tasse de thé sur un plateau, bien que nous eussions une bonne pour le faire. Il m'annonça la nouvelle avec, dans les yeux, la même lueur de jubilation qu'il avait eue pour raconter à la police l'histoire de la petite maison hantée. Son ton était lugubre, mais son regard brillait de plaisir.

Trois mois plus tard, il me demanda de l'épouser. Sans hésiter une seconde, je refusai.

«Tu vas te sentir bien seule, maintenant.

— Je sais», répondis-je.

8

Never once did I seriously think of throwing in my lot with Will. But that was a different matter from telling him I had no wish to see him again. He was distasteful to me with his pink face, the colour of raw veal, the ginger hair that clashed with it, and the pale blue bird's-egg eyes. His heart was as cold as mine but hard in a way mine never was. I disliked everything about him, his insensitivity, the pleasure he took in cruel words. But for all that, he was my friend, he was my only friend. He was a man to be taken about by. If he hinted to other people that we were lovers, I neither confirmed nor denied it. I was indifferent. Will pleaded poverty so often since he had been made redundant by his company that I began allowing him an income but instead of turning him into a remittance man, this only drew him closer to me.

Pas une seule fois je n'avais sérieusement songé à unir mon sort à celui de Will. C'était toutefois autre chose de lui dire que je ne voulais plus le voir. Il m'inspirait de la répulsion, avec sa figure rose, couleur de veau cru, qui jurait avec sa tignasse poil-de-carotte, et ses yeux bleu délavé, en forme d'œuf d'oiseau. Son cœur était aussi froid que le mien, mais il possédait en outre une dureté que je n'ai jamais eue. Tout en lui me déplaisait, son insensibilité, la satisfaction qu'il prenait à dire des choses cruelles. Malgré tout, c'était mon ami, mon seul ami. Un homme qui me sortait. Quand il laissait entendre, devant quelqu'un, que nous étions amants, je ne confirmais ni ne démentais. Ça m'était égal. Il pleurait si souvent misère, depuis qu'il avait été licencié par sa société, que j'avais décidé de lui allouer une rente, mais au lieu de le transformer en exilé assisté*, cela n'avait eu pour effet que de le rapprocher davantage de moi.

* *Remittance man* : brebis galeuse, subventionnée par sa famille pour vivre outremer.

I never confided in him, I never told him anything. Our conversation was of the most banal. When he phoned — I *never* phoned him — the usual platitudes would be exchanged and then, desperate, I would find myself falling back on that well-used silence-filler and ask him,

"What have you been doing since we last spoke?"

When I was out of London, at the house in Somerset or the "castle", a castellated shooting lodge Roger had bought on a whim in Scotland, Will would still phone me but would reverse the charges. Sometimes I said no when the operator asked me if I would pay for the call, but Will — thick-skinned mentally, whatever his physical state might be — simply made another attempt half an hour later.

It was seldom that more than three days passed without our speaking. He would tell me about the shopping he had done, for he enjoys buying things, troubles with his car, the failure of the electrician to come, the cold he had had, but never of what he might understand love to be, of his dreams or his hopes, his fear of growing old and of death, not even what he had been reading or listening to or looking at. And I was glad of it, for I was not interested and I told him none of these things either. We were best friends with no more intimacy than acquaintances.

Je ne lui faisais aucune confidence, je ne lui racontais rien. Nos conversations étaient d'une grande banalité. Quand il téléphonait — ce n'était *jamais* moi qui l'appelais —, nous échangions les platitudes habituelles, puis, ne sachant comment meubler le silence, je me voyais contrainte de lui poser la question classique :

« Qu'est-ce que tu deviens depuis la dernière fois ? »

Quand je m'absentais de Londres pour séjourner dans ma propriété du Somerset, ou en Écosse, au « castel », un pavillon de chasse fortifié que Roger avait acheté sur un coup de tête, Will me téléphonait quand même, mais en P.C.V. Parfois, quand l'opérateur me demandait si j'acceptais de payer la communication, je disais non, mais Will — qui avait la peau dure, au sens figuré, sinon au sens propre — revenait à la charge une demi-heure après.

Il se passait rarement plus de trois jours sans qu'il m'appelle. Il me parlait de ses achats, car il adorait traîner dans les magasins, des ennuis que lui occasionnait sa voiture, de l'électricien qui lui avait fait faux bond, du rhume qu'il venait d'attraper, mais jamais de ses idées sur l'amour, de ses rêves, de ses espérances, de sa peur de vieillir et de mourir ; il ne parlait même pas de ce qu'il avait lu, entendu ou vu. Heureusement, car cela ne m'intéressait pas de connaître ses états d'âme et, moi non plus, je n'abordais jamais ce genre de sujet. Nous étions de « grands amis » sans plus d'intimité entre nous que si nous avions été de simples relations.

The income I allowed him was adequate, no more, and he was always complaining about the state of his finances. If I had to name one topic we could be sure of discussing whenever we met or talked it would be money. Will grumbled about the cost of living, services bills, fares, the small amount of tax he had to pay on his pension and what he got from me, the price of food and drink and the cost of the upkeep of his house. Although he did nothing for me, a fiction was maintained that he was my personal assistant, "secretary" having been rejected by him as beneath the dignity of someone with his status and curriculum vitae. Will knew very well that he had no claim at all to payment for services rendered but for all that he talked about his "salary", usually to complain that it was pitifully small. Having arrived — without notice — to spend two weeks with me in Somerset, he announced that it was time he had a company car.

"You've got a car," I said.

"Yes," he said, "a rich man's car."

What was that supposed to mean?

"You need to be rich to keep the old banger on the road," he said, as usual doubling up with mirth at his own wit.

But he nagged me about that car in the days to come. What was I going to do with my money? What was I saving it for, I who had no child?

La rente que je lui versais était convenable, sans plus, et il se lamentait sans cesse sur l'état de ses finances. S'il faut citer un thème qui revenait à coup sûr dans nos discussions, lors de nos rencontres ou au téléphone, c'est l'argent. Will ronchonnait à cause du coût de la vie, de la cherté des services et des transports, des impôts, pourtant modiques, qu'il payait sur ses allocations et sur ce que je lui donnais, du prix de la nourriture et des boissons, des frais d'entretien de sa maison. Bien qu'il n'effectuât pour moi aucun travail, il tenait à passer pour mon assistant, après avoir refusé le statut de «secrétaire», le trouvant indigne d'une personne de son rang et de ses capacités. Il savait pertinemment qu'il ne pouvait prétendre à aucune rétribution pour services rendus, mais ça ne l'empêchait pas de parler de son «salaire», généralement pour se plaindre de sa pitoyable modicité. Ayant débarqué un jour — sans prévenir — dans le Somerset pour passer quinze jours chez moi, il m'annonça qu'il était grand temps que je lui attribue une voiture de fonction.

«Tu as déjà une voiture, lui dis-je.

— Oui. Une voiture de riche. »

Qu'est-ce que ça pouvait bien vouloir dire?

«Il faut être riche pour continuer à rouler dans un vieux tacot», m'expliqua-t-il, plié en deux de rire, tant il se trouvait spirituel.

Les jours suivants, il revint à la charge. Qu'est-ce que j'allais faire de tout cet argent? À quoi bon économiser, puisque je n'avais pas d'enfant?

If he were in my place it would give him immense pleasure to see the happiness he could bring to others without even noticing the loss himself. In the end I told him he could have my car. Instead of my giving it in part exchange for a new one, he could have it. It was a rather marvellous car, only two years old and its sole driver had been a prudent middle-aged woman, that favourite of insurers, but it was not good enough for Will. He took it but he complained and we quarrelled. I told him to get out and he left for London in my car.

Because of this I said nothing to him when the lawyer's letter came. We seldom spoke of personal things but I would have told him about the letter if we had been on our normal terms. I had no one else to tell and he, anyway, was the obvious person. But for once, for the first time in all those years, we were out of touch. He had not even phoned. The last words he had spoken to me, in hangdog fashion, sidling out of the front door, were a truculent muttered plea that in spite of everything I would not stop his allowance.

So the letter was for my eyes only, it contents for my heart only. It was from a firm of solicitors in the City and was couched in gentle terms.

À ma place, il aurait pris un immense plaisir à voir qu'il pouvait prodiguer du bonheur autour de lui, sans en être moins riche pour autant. Finalement je lui proposai ma voiture. Plutôt que d'obtenir une reprise pour l'achat d'une neuve, je la lui donnais. C'était une auto assez merveilleuse, qui avait à peine deux ans et avait été exclusivement conduite par l'une de ces prudentes dames d'âge mûr qu'aiment tant les assureurs, mais elle n'était pas encore assez bonne pour lui. Il finit par accepter en maugréant, et une dispute s'ensuivit. Je le mis à la porte et il repartit pour Londres dans ma voiture.

Voilà pourquoi je ne lui avais pas parlé de la lettre du notaire. Nous évoquions rarement nos affaires personnelles, mais je l'aurais mis au courant de la nouvelle si nous avions été en meilleurs termes. Je n'avais personne d'autre à qui le dire et, de plus, il était tout indiqué pour recevoir cette confidence. Mais pour une fois, pour la première fois depuis tant d'années, nous avions rompu tout contact. Il ne me téléphonait même plus. Au moment de partir, ses dernières paroles avaient été pour me supplier, avec une mine de chien battu, de ne pas lui supprimer son allocation.

Cette lettre ne fut donc lue que par moi, et il n'y a que moi qu'elle toucha en plein cœur. Elle provenait d'une étude notariale de la City et elle était rédigée avec beaucoup de tact.

Nothing, of course, could have lessened the shock of it, but I was grateful for the gradual lead-up, and for such words as "claim", "suggest", "allege" and "possibility". There was a softness, like a tender touch, in being requested to prepare myself and told that at this stage there was no need at all for me to rush into certain conclusions.

I could not rest but paced up and down, the letter in my hand. Then, after some time had passed, I began to think of hoaxes, I remembered how Will had wanted to phone my mother and give her that message of hope in a Frenchman's voice. Was this Will again? It was the solicitors I phoned, not Will, and they told me, yes, it was true that a man and a woman had presented themselves at their offices, claiming to be Mr and Mrs Piers Sunderton.

Rien, bien entendu, n'aurait pu atténuer le choc qu'elle me causa, mais j'appréciai les ménagements pris pour en venir au fait, ainsi que des termes comme «prétendre», «suggérer», «supposer» et «possibilité». Je trouvais de la douceur, presque de la tendresse, à m'entendre priée de me préparer et à ce qu'on me dise que, au stade où en étaient les choses, je n'avais nul besoin de me précipiter pour prendre une décision.

Fébrile, j'allais et venais, la lettre à la main. Puis au bout d'un moment, l'idée d'une mystification commença à germer dans mon esprit. Je me souvins que Will avait voulu téléphoner à ma mère, en prenant l'accent français, pour lui faire parvenir un message d'espoir. Serait-ce encore lui? Je ne l'appelai pas et téléphonai au notaire qui me confirma qu'un homme et une femme s'étaient présentés à son étude en déclarant être Mr et Mrs Piers Sunderton.

I am not a gullible person. I am cautious, unfriendly, morose and anti-social. Long before I became rich I was suspicious. I distrusted people and questioned their motives, for nothing had ever happened to me to make me believe in disinterested love. All my life I had never been loved but the effect of this was not to harden me but to keep me in a state of dreaming of a love I had no idea how to look for. My years alone have been dogged by a morbid fear that everyone who seems to want to know me is after my money.

There were in my London house a good many photographs of Piers. My mother had cherished them religiously, although I had hardly looked at them since her death. I spread them out and studied them, Piers as a baby in my mother's arms, Piers as a small child, a schoolboy, with me, with our parents and me.

Je ne suis pas quelqu'un de crédule. Je suis prudente, revêche, maussade et peu sociable. Longtemps déjà avant de devenir riche, j'étais soupçonneuse. Je me méfiais des autres et doutais de leurs intentions, car rien ne m'était jamais arrivé qui me permît de croire à des sentiments désintéressés. On ne m'avait jamais aimée, ce qui avait eu pour effet, non pas de m'endurcir, mais d'entretenir en moi une sorte de rêve d'amour que je ne savais comment concrétiser. Tout au long de mes années de solitude, j'ai été poursuivie par la terreur maladive qu'on ne recherche ma compagnie que pour mon argent.

Chez moi, à Londres, il y avait de nombreuses photographies de Piers. Ma mère les chérissait religieusement mais, depuis sa mort, je ne les avais presque jamais regardées. Je les sortis de leur boîte, les étalai et les examinai attentivement : Piers bébé, dans les bras de maman, Piers enfant, écolier, avec moi, avec nos parents et moi.

Rosario's colouring I could remember, her sallow skin and long hair, the rich brown colour of it, her smallness of stature and slightness, but not what she looked like. That is, I had forgotten her features, their shape, arrangement and juxtaposition. Of her I had no photograph.

From the first, even though I had the strongest doubts about this couple's identity as my brother and his wife, I never doubted that any wife he might have had would be Rosario. Illogical? Absurd? Of course. Those convictions we have in the land of emotion we can neither help nor escape from. But I told myself as I prepared for my taxi ride to London Wall that if it was Piers that I was about to see, the woman with him would be Rosario.

I was afraid. Nothing like this had happened before. Nothing had *got this far* before. Not one of the innumerable "sightings" in those first months, in Rome, in Naples, Madrid, London, the Tyrol, Malta, had resulted in more than the occasional deprecating phone call to my father from whatever police force it might happen to be. Later on there had been claimants, poor things who presented themselves at my door and who lacked the nous even to learn the most elementary facts of Piers's childhood, fair-haired men, fat men, short men, men too young or too old. There were probably ten of them.

Je me souvenais du teint de Rosario, de sa peau mate, de ses longs cheveux d'un châtain profond, de sa petite taille et de sa minceur, mais pas de son visage. J'avais oublié ses traits, leur forme et leur disposition. D'elle, je n'avais aucune photo.

Dès le début, même si je doutais beaucoup que ce couple fût mon frère et son épouse, j'avais eu la certitude que si Piers était marié, c'était forcément avec Rosario. Insensé ? Absurde ? Évidemment. Impossible de se défaire des convictions qui touchent au domaine des sentiments. Mais tout en me préparant pour prendre le taxi qui devait me conduire à London Wall*, je me disais que si c'était vraiment Piers que j'allais voir, la femme qui l'accompagnerait ne pourrait être que Rosario.

J'avais peur. Rien de semblable ne m'était encore jamais arrivé. C'était la première fois que les choses allaient *aussi loin*. Aucune des innombrables « rencontres » des premiers mois, à Rome, à Madrid, à Naples, à Londres, au Tyrol, à Malte, n'avait abouti à quoi que ce soit de plus que l'inévitable coup de fil réprobateur de la police locale concernée à mon père. Plus tard, il y avait eu des imposteurs, des malheureux qui arrivaient chez moi, sans même s'être renseignés sur les faits les plus élémentaires de l'enfance de Piers, des blonds, des gros, des petits, des hommes trop jeunes ou trop âgés. J'en avais vu défiler une dizaine.

* Artère qui doit son nom à l'ancien mur d'enceinte de Londres.

Not one got further than the hall. But this time I was afraid, this time my intuition spoke to me, saying, "He has come back from the dead," and I tried to silence it, I cited reason and caution, but again the voice whispered, and this time more insistently.

They would be changed out of all knowledge. What was the use of looking at photographs? What use are photographs of a boy of sixteen in recognising a man of fifty-six? I waited in an ante-room for three minutes. I counted those minutes. No, I counted the seconds which composed them. When the girl came back and led me in, I was trembling.

The solicitor sat behind a desk and on a chair to his left and a chair to his right sat a tall thin grey man and a small plump woman, very Spanish-looking, her face brown and still smooth, her dark hair sprinkled with white pulled severely back. They looked at me and the two men got up. I had nothing to say but the tears came into my eyes. Not from love or recognition or happiness or pain but for time which does such things to golden lads and girls, which spoils their bodies and ruins their faces and lays dust on their hair.

Aucun d'eux n'était allé plus loin que le hall d'entrée. Mais cette fois, j'avais peur, cette fois mon intuition me disait : « Il est revenu de chez les morts » ; j'essayais de la faire taire, en invoquant la raison et la prudence, mais la voix recommençait à chuchoter avec encore plus d'insistance.

Ils auraient changé au point d'être méconnaissables. À quoi bon regarder des photos ? En quoi des portraits d'un garçon de seize ans peuvent-ils aider à reconnaître un homme qui en a cinquante-six ? J'attendis trois minutes dans l'antichambre. J'ai compté les minutes. Non, j'ai compté les secondes qui les composaient. Quand l'employée revint me chercher, je tremblais.

Le notaire était installé derrière son bureau et, de chaque côté, sur une chaise, étaient assis un homme grand, mince et grisonnant, et une petite femme rondelette, de type très hispanique, avec un visage lisse et brun, des cheveux noirs striés de blanc, sévèrement tirés en arrière. Ils me regardèrent tous les trois, et les deux hommes se levèrent. Je ne savais quoi dire, les larmes me montèrent aux yeux. Pas parce que je les reconnaissais, ce n'était pas des larmes d'amour, de bonheur ni de douleur, c'était de voir ce que le temps fait des beaux adolescents, comment il abîme leur corps, ravage leur visage et répand de la poussière sur leur tête.

My brother said, "Petra," and my sister-in-law, in that voice I now remembered so precisely, in that identical heavily-accented English, "Please forgive us, we are so sorry."

I wanted to kiss my brother but I could hardly go up to a strange man and kiss him. My tongue was paralysed. The lawyer began to talk for us but of what he said I have no recollection, I took in none of it. There were papers for me to see, so-called "proofs", but although I glanced at them, the print was invisible. Speech was impossible but I could think. I was thinking, I will go to my house in the country, I will take them with me to the country.

Piers had begun explaining. I heard something about Madrid and the South of France, I heard the word "ashamed" and the words "too late", which someone has said are the saddest in the English language, and then I found a voice in which to say,

"I don't need to hear that now, I understand, you can tell me all that later, much later."

The lawyer, looking embarrassed, muttered about the "inevitable ensuing legal proceedings."

"What legal proceedings?" I said.

"When Mr Sunderton has satisfied the court as to his identity, he will naturally have claim on your late father's property."

«Petra», dit mon frère, tandis que, avec cette voix dont je me souvins alors avec précision, dans ce même anglais fortement accentué, ma belle-sœur enchaînait : «Pardonne-nous, s'il te plaît, nous regrettons tellement. »

J'aurais voulu embrasser mon frère, mais je ne pouvais pas aller vers cet étranger et le serrer dans mes bras. J'avais la langue paralysée. Le notaire se mit alors à parler à notre place, mais je n'ai gardé aucun souvenir de ce qu'il a dit, je ne l'écoutais pas. Il avait des papiers à me montrer, ce qu'on appelle des «preuves»; j'y jetai un coup d'œil, mais sans rien voir. Toutefois, si j'étais incapable de parler, je pouvais réfléchir. Je vais m'installer dans ma maison de campagne, pensai-je, et je les emmènerai avec moi.

Piers se lança dans des explications. Il était question de Madrid et du midi de la France; j'entendis les mots «honte» et «trop tard», dont je ne sais plus qui a dit qu'ils sont les plus tristes de la langue anglaise, et je finis par retrouver la parole pour dire :

«Je n'ai pas besoin de connaître tous ces détails pour le moment, je comprends, vous me raconterez ça plus tard, beaucoup plus tard. »

Embarrassé, le notaire marmonna quelque chose concernant «l'inévitable procédure légale».

«Quelle procédure légale? demandai-je.

— Quand Mr Sunderton aura convaincu le tribunal de son identité, il aura naturellement le droit de réclamer sa part de l'héritage de votre père.»

I turned my back on him, for I knew Piers's identity. Proofs would not be necessary. Piers was looking down, a tired, worn-out man, a man who looked unwell. He said, "Rosario and I will go back to our hotel now. It's best for us to leave it to Petra to say when she wants another meeting."

"It's best," I said, "for us to get to know each other again. I want you both to come to the country with me."

We went, or rather, Rosario and I went, to my house near Wincanton. Piers was rushed to hospital almost before he set foot over my threshold. He had been ill for weeks, had appendicitis which became peritonitis, and they operated on him just in time.

Rosario and I went to visit him every day. We sat by his bedside and we talked, we all had so much to say. And I was fascinated by them, by this middle-aged couple who had once like all of us been young but who nevertheless seemed to have passed from adolescence into their fifties without the intervention of youth and middle years. They had great tenderness for each other. They were perfectly suited.

Je ne l'écoutais pas, car je n'avais aucun doute sur l'identité de Piers. Des preuves ne seraient pas nécessaires. Fatigué, usé, visiblement mal en point, Piers baissait les yeux. «Rosario et moi allons rentrer à l'hôtel, maintenant. Le mieux, c'est que Petra nous fasse signe quand elle voudra nous revoir.

— Le mieux, c'est que nous refassions connaissance, rétorquai-je. J'aimerais que vous veniez tous les deux à la campagne avec moi. »

Nous partîmes nous installer dans ma maison des environs de Wincanton*. Quand je dis «nous», je devrais plutôt dire Rosario et moi car, à peine arrivé, Piers dut être transporté d'urgence à l'hôpital. Il était souffrant depuis plusieurs semaines, une appendicite qui s'était compliquée en péritonite et qu'on opéra juste à temps.

Nous allions le voir tous les jours. Assises à son chevet, nous bavardions, nous avions tant de choses à nous dire. J'étais fascinée, fascinée par ce couple vieillissant, qui avait pourtant eu vingt ans, comme tout le monde, mais semblait avoir sauté directement de l'adolescence à la cinquantaine, sans passer par la période intermédiaire de la jeunesse et de la maturité. Une grande tendresse les unissait. Ils étaient parfaitement assortis.

* Ville du sud-ouest de l'Angleterre, dans le Somerset.

Rosario seemed to know exactly what Piers would want, that he only liked grapes which were seedless, that although a reader he would only read magazines in hospital, that the slippers he required to go to the day room must be of the felt not the leather kind. He disliked chocolates, it was useless bringing any.

"He used to love them," I said.

"People change, Petra."

"In many ways they don't change at all."

I questioned her. Now the first shock and joy were passed I could not help assuming the role of interrogator, I could not help putting their claim to the test, even though I knew the truth so well. She came through my examination very well. Her memory of Majorca in those distant days was even better than mine. I had forgotten — although I recalled it when she reminded me — our visit to the monastery at Lluc and the sweet voices of the boy choristers. Our parents' insistence that while in Palma we all visited the *Mansion de Arte*, this I now remembered, and the Goya etchings which bored us but which my mother made us all look at.

José-Carlos and Micaela had both been dead for several years. I could tell she was unhappy speaking of them, she seemed ashamed. This brought us to the stumbling block, the difficulty which reared up every time we spoke of their disappearance.

Rosario savait d'avance ce qui ferait plaisir à Piers, qu'il aimait le raisin sans pépins, que, malgré son goût pour la littérature, il ne lirait que des journaux pendant son séjour à l'hôpital et qu'il lui fallait des pantoufles en feutre et non en cuir pour se rendre dans la salle de jour. Inutile de lui apporter des chocolats, il en avait horreur.

«Il les aimait pourtant autrefois, avais-je rétorqué.

— Les gens changent, Petra.

— Sur bien des plans, ils ne changent pas du tout.»

Je la questionnais. Passé le choc et l'euphorie des premiers instants, je ne pus m'empêcher de jouer au détective, d'essayer de les prendre en faute, alors que je connaissais parfaitement la vérité. Elle se tira fort bien de l'interrogatoire. Elle se rappelait mieux que moi encore notre séjour à Majorque. Par exemple, j'avais oublié — mais je m'en souviens quand elle en parla — la visite au monastère de Lluc et les voix charmantes des jeunes choristes. L'insistance de nos parents, lorsque nous allâmes à Palma, pour que nous visitions tous la *Mansion de Arte* me revint également en mémoire, ainsi que les gravures de Goya, qui ne nous intéressaient pas mais que maman nous avait obligés à regarder.

José-Carlos et Micaela étaient morts depuis plusieurs années. Je me rendais compte qu'il lui était pénible de parler d'eux, qu'elle avait honte. C'est justement là que le bât blessait, le problème qui surgissait chaque fois que nous évoquions leur départ.

Why had they never got in touch? Why had they allowed us all, in such grief, to believe them dead?

She — and later Piers — could give me no reason except their shame. They could not face my parents and hers, it was better for us all to accept that they were dead. To explain why they had run away in the first place was much easier.

"We pictured what they would all say if we said we were in love. Imagine it! We were sixteen and fifteen, Petra. But we were right, weren't we? You could say we're still in love, so we were right."

"They wouldn't have believed you," I said.

"They would have separated us. Perhaps they would have let us meet in our school holidays. It would have killed us, we were dying for each other. We couldn't live out of sight of the other. That feeling has changed now, of course it has. I am not dying, am I, though Piers is in the hospital and I am here? It wasn't just me, Petra, it was Piers too. It was Piers's idea for us to — go."

"Did he think of his education? He was so brilliant, he had everything before him. To throw it up for — well, he couldn't tell it would last, could he?"

"I must tell you something, Petra. Piers was not so brilliant as you thought.

Pourquoi n'avaient-ils jamais donné de leurs nouvelles ? Pourquoi nous avoir causé tant de chagrin en nous laissant croire qu'ils étaient morts ?

Rosario — et plus tard Piers — ne put me fournir d'autre motif que la honte. Ils auraient été incapables de regarder leurs parents en face et il valait mieux tous nous résigner à leur mort. En revanche, il lui fut beaucoup plus facile de m'expliquer pourquoi ils s'étaient enfuis.

« Nous imaginions leur réaction si nous leur avions dit que nous nous aimions. Réfléchis un peu. Nous avions quinze et seize ans, Petra. Mais nous avons bien fait, tu ne trouves pas ? Tu vois que notre amour a duré, donc nous avons bien fait.

— Ils ne vous auraient pas cru, remarquai-je.

— Ils nous auraient séparés. Ils nous auraient peut-être permis de nous voir pendant les vacances. On en serait morts, nous étions fous l'un de l'autre. Nous ne pouvions pas vivre sans être ensemble à chaque minute. Ce n'est plus pareil aujourd'hui, bien sûr. Je ne meurs pas parce que Piers est à l'hôpital, alors que moi je suis ici, tu le vois bien. Mais ce n'était pas seulement moi, Petra, Piers aussi. C'est lui qui a eu l'idée de… de partir.

— Il n'a pas pensé à ses études ? Il était si brillant, tous les espoirs lui étaient permis. Renoncer à tout ça, pour… enfin, il ne pouvait même pas être sûr que ça durerait.

— Il faut que je te dise une chose, Petra. Piers n'était pas aussi brillant que tu le pensais.

217

Your father had to see Piers's headmaster just before you came on that holiday. He was told Piers wasn't keeping up with his early promise, he wouldn't get that place at Oxford, the way he was doing he would be lucky to get to a university at all. They kept it a secret, you weren't told, even your mother wasn't, but Piers knew. What had he to lose by running away with me?"

"Well, comfort," I said, "and his home and security and me and his parents."

"He said — forgive me — that I made up for all that."

She was sweet to me. Nothing was too much trouble for her. I, who had spent so much time alone that my tongue was stiff from disuse, my manners reclusive, now found myself caught up in her gaiety and her charm. She was the first person I have ever known to announce in the morning *ideas* for how to spend the day, even if those notions were often only that I should stay in bed while she brought me my breakfast and then that we should walk in the garden and have a picnic lunch there. When there was a need for silence, she was silent, and when I longed to talk but scarcely knew how to begin she would talk for me, soon involving us in a conversation of deep interest and a slow realisation of the tastes we had in common. Soon we were companions and by the time Piers came home, friends.

Juste avant votre départ, le proviseur du lycée avait convoqué ton père pour lui dire que Piers n'était pas à la hauteur des espérances qu'on avait placées en lui. Il ne serait pas admis à Oxford et il pourrait même s'estimer heureux de pouvoir entrer dans une université quelconque. Le secret a été bien gardé, tu n'en as rien su et ta mère non plus, mais Piers le savait. Qu'est-ce qu'il avait à perdre en partant avec moi ?

— Eh bien, son confort, son foyer, la sécurité, ses parents et moi.

— Il disait — pardonne-moi — que je compensais la perte de toutes ces choses. »

Rosario était adorable. Elle n'épargnait pas sa peine. Moi qui avais vécu seule si longtemps que ma langue s'était ankylosée et que j'étais devenue sauvage, je me sentais gagnée par son charme et sa gaieté. C'était la première fois que quelqu'un me proposait, dès le matin, un *programme* pour la journée, ne serait-ce que pour me suggérer de rester couchée en attendant qu'elle m'amène le petit déjeuner au lit, d'aller ensuite faire un tour ensemble au jardin, puis d'y pique-niquer à midi. Quand le silence était nécessaire, elle se taisait et, lorsque j'avais envie de parler, mais ne savais par où commencer, elle prenait l'initiative, ce qui déclenchait de passionnantes discussions au cours desquelles nous nous découvrions une multitude de goûts communs. Très vite, une véritable connivence s'établit entre nous et, quand Piers rentra de l'hôpital, nous étions devenues des amies.

Until we were all together again I had put off
the discussion of what happened on the day they
ran away. Each time Rosario had tried to tell
me I silenced her and asked for more about how
they had lived when first they came to the Spanish mainland. Their life at that time had been a
series of adventures, some terrible, some hila-
rious. Rosario had a gift for story-telling and
entertained me with her tales while we sat in the
firelight. Sometimes it was like one of those old
Spanish picaresque novels, full of event, anec-
dote, strange characters and hairsbreadth escapes,
not all of it I am afraid strictly honest and above-
board. Piers had changed very quickly or she had
changed him.

They had worked in hotels, their English being
useful. Rosario had even been a chambermaid.
Later they had been guides, and at one time, in a
career curiously resembling Will's scenario, had
sung in cafés to Piers's hastily improvised guitar-
playing. In her capacity as a hotel servant — they
were in Madrid by this time — Rosario had stolen two passports from guests and with these they
had left Spain and travelled about the South
of France. The names of the passport holders
became their names and in them they were
married at Nice when he was eighteen and she
seventeen.

"We had a little boy," she said. "He died of
meningitis when he was three and after that no
more came."

Je tenais à ce que nous soyons tous réunis pour parler de ce qui s'était passé le jour de leur disparition. Chaque fois que Rosario avait voulu aborder le sujet, je l'avais fait taire et, à la place, je la questionnais sur l'existence qu'ils avaient menée en débarquant sur le continent espagnol. Il leur était arrivé de nombreuses aventures, certaines épouvantables, d'autres cocasses. Rosario avait un talent de conteuse et, à la lueur du feu, c'était un plaisir de l'écouter. Ses histoires semblaient parfois tirées d'un roman picaresque espagnol, fertile en péripéties, en anecdotes, en personnages bizarres, en dangers esquivés in extremis, où tout n'était pas, je le crains, absolument honnête et régulier. Soit Piers avait changé très rapidement, soit elle l'avait changé.

Grâce à l'anglais, ils s'étaient fait embaucher dans des hôtels. Rosario avait même été femme de chambre. Ensuite, après avoir été guides, ils avaient chanté dans les cafés, sur un accompagnement de guitare hâtivement improvisé par Piers, exactement comme dans l'un des scénarios imaginés par Will. Un jour, profitant qu'ils travaillaient dans un hôtel — à Madrid cette fois — Rosario avait volé des passeports à des clients, ce qui leur permit de quitter l'Espagne pour aller dans le midi de la France. Ils adoptèrent les noms figurant sur ces papiers et ce fut sous cette identité qu'ils se marièrent, à Nice, alors que Piers avait dix-huit ans et Rosario dix-sept.

« Nous avons eu un petit garçon, me dit-elle. Mais il est mort d'une méningite à trois ans, et nous n'avons pas eu d'autre enfant. »

I thought of my mother and put my arms round her. I, who have led a frozen life, have no difficulty in showing my feelings to Rosario. I, in whom emotion has been something to shrink from, can allow it to flow freely in her company and now in my brother's. When he was home again, well now and showing in his face some vestiges of the Piers I had known so long ago, I found it came quite naturally to go up to him, take his hand and kiss his cheek. In the past I had noticed, while staying in other people's houses, the charming habit some have of kissing their guests good night before everyone retires to their rooms. For some reason, a front of coldness perhaps, I had never been the recipient of such kisses myself. But now — and amazing though it was, I made the first move myself — I was kissing both of them good night and we exchanged morning kisses when we met next day.

One evening, quite late, I asked them to tell me about the day itself, the day which ended so terribly in fear and bright empty moonlight. They looked away from me and at each other, exchanging a rueful nostalgic glance. It was Rosario who began the account of it.

It was true that they had met several times since that first time in the little haunted house. They could be alone there without fear of interruption and there they had planned, always fearfully and daringly, their escape.

Je pensai à ma mère et pris Rosario dans mes bras. Moi qui ai toujours été un glaçon, je n'ai aucune difficulté à lui montrer mes sentiments; moi pour qui l'émotion a toujours été quelque chose qu'il fallait maîtriser, avec elle je peux lui laisser libre cours, et c'est pareil avec mon frère. Quand il est rentré à la maison, complètement rétabli, son visage gardant quelques traces du Piers de mon enfance, je suis allée vers lui, tout naturellement. Je lui ai pris la main et j'ai déposé un baiser sur sa joue. Dans le temps, à l'occasion de séjours chez des amis, j'avais noté cette charmante coutume qui consiste à s'embrasser, au moment où chacun va se coucher. Pour une raison quelconque, mon apparente froideur sans doute, je n'avais jamais eu droit à ces marques d'affection. Et, ô surprise, voilà que c'était moi qui prenais l'initiative et les embrassais en leur souhaitant une bonne nuit, puis en les retrouvant le lendemain matin.

Un soir, assez tard, je leur demandai de me parler de ce fameux jour, ce jour qui s'était achevé dans l'angoisse, par un clair de lune désolé et éclatant. Évitant mon regard, ils en échangèrent un rempli de tristesse. Ce fut Rosario qui commença.

Il était exact qu'ils s'étaient retrouvés plusieurs fois dans la petite maison hantée. Là, ils ne craignaient pas d'être dérangés et c'est là, pleins d'audace et de frayeur, qu'ils avaient organisé leur fugue.

I mentioned the man I had seen, for now I was sure it had been a man seen through glass and no ghost in a mirror, but it meant nothing to them. At the *Casita* they had always found absolute solitude. They chose that particular day because we were all away at the gardens but made no other special preparations, merely boarding the afternoon bus for Palma a little way outside the village. Rosario, as we had always known, had money. She had enough to buy tickets for them on the boat from Palma to Barcelona.

"If we had told them or left a note they would have found us and brought us back," Rosario said simply.

She had had a gold chain around her neck with a cameo that they could sell, and a gold ring on her finger.

"The ring with the two little turquoises," I said.

"That was the one. I had it from my grandmother when I was small."

They had sold everything of value they had, Piers's watch and his fountain pen and his camera. The ring saved their lives, Piers said, when they were without work and starving.

Je leur parlai de l'homme que j'y avais vu, car désormais je ne doutais plus que c'était bien un homme qui m'était apparu de l'autre côté de la glace et non le reflet d'un spectre dans un miroir, mais cela ne leur dit rien. À la *Casita*, ils avaient toujours joui d'une solitude absolue. Ils avaient choisi ce jour parce que nous étions tous partis visiter les jardins mauresques mais, en dehors de cela, ils ne s'étaient entourés d'aucune précaution particulière, si ce n'est de monter dans l'autocar un peu en dehors du village. Comme nous le savions, Rosario avait de l'argent. Suffisamment pour prendre le bateau de Palma à Barcelone.

« Si on les avait prévenus ou si on avait laissé un mot, ils nous auraient rattrapés et ramenés à la maison », conclut simplement Rosario.

Elle avait au cou une chaîne en or avec un camée qu'ils pouvaient vendre, ainsi qu'une bague en or à son doigt.

« La bague avec les deux petites turquoises, dis-je.

— Oui, celle-là même. Ma grand-mère me l'avait donnée quand j'étais petite. »

Ils avaient vendu tous les objets de valeur qu'ils possédaient. La montre de Piers, son stylo et son appareil photo. La bague les avait sauvés, raconta Piers, alors qu'ils étaient sans travail et mouraient de faim.

Later on they became quite rich, for Piers, like my father, used tourism to help him, went into partnership with a man they met in a café in Marseille, and for years they had their own hotel.

There was only one question left to ask. Why did they ever come back?

They had sold the business. They had read in the deaths column of a Spanish newspaper they sometimes saw that Micaela, the last of our parents, was dead. Apparently, the degree of shame they felt was less in respect to me. I could understand that, I was only a sister. Now I think I understood everything. Now when I looked at them both, with a regard that increased every day, I wondered how I could ever have doubted their identities, how I could have seen them as old, as unutterably changed.

The time had come to tell Will. We were on speaking terms again. I had mended the rift myself, phoning him for the first time ever. It was because I was happy and happiness made me kind. During the months Piers and Rosario had been with me he had phoned as he always did, once or twice we had met away from home, but I had not mentioned them. I did not now, I simply invited him to stay.

Puis ils avaient fait fortune car, à l'instar de mon père, Piers avait misé sur le tourisme et s'était associé avec un homme rencontré dans un café de Marseille. Pendant plusieurs années, ils avaient été propriétaires d'un hôtel.

Il ne me restait plus qu'une seule question à leur poser. Pourquoi avaient-ils finalement décidé de revenir ?

Ils avaient vendu l'hôtel. Par la rubrique nécrologique d'un journal espagnol qu'ils achetaient de temps en temps, ils avaient appris la mort de Micaela, la dernière de nos parents. Apparemment, la honte qu'ils éprouvaient à mon endroit était moins vive. C'était compréhensible, je n'étais qu'une sœur. Je crois avoir maintenant tout compris. À présent, quand je les regardais, et je les regardais davantage chaque jour qui passait, je me demandais comment j'avais pu douter un instant de leur identité, comment j'avais pu les trouver aussi vieillis, aussi indiciblement changés.

L'heure était venue de mettre Will au courant. Nous nous étions réconciliés. C'est moi qui lui avais tendu la main, en lui téléphonant pour la première fois de ma vie. Parce que j'étais heureuse et que le bonheur rend bon. Durant les quelques mois où Piers et Rosario avaient habité chez moi, il avait repris l'habitude de m'appeler souvent, et je lui avais donné rendez-vous à l'extérieur une fois ou deux, sans toutefois lui parler d'eux. Je l'invitai donc à passer quelques jours à la maison, toujours sans rien lui dire.

To me they were my brother and sister-in-law, familiar loved figures with face already inexpressibly dear, but he I knew would not know them. I was not subjecting them to a test, I needed no test, but the idea of their confronting each other without preparation amused me. A small deception had to be practised and I made them reluctantly agree to my introducing them as "my friends Mr and Mrs Page."

For a few minutes he seemed to accept it. I watched him, I noticed his hands were trembling. He could bear his suspicion no longer and burst out :

"It's Piers and Rosario, I know it is !"

The years could not disguise them for him, although they each separately confessed to me afterwards that if they had not been told they would never have recognised him. The red-headed boy with "one skin too few" was not just subsumed in the fat red-faced bald man but utterly lost.

Whether their thoughts often returned to those remarks the solicitor had made on the subject of legal proceedings I cannot say. When mine did for the second time I spoke out. We were too close already for litigation to be conceivable. I told Piers that I would simply divide all my property in two, half for them and half for me. They were shocked, they refused, of course they did. But eventually I persuaded them.

Piers et Rosario étaient pour moi un frère et une belle-sœur tendrement aimés dont les traits m'étaient devenus familiers, mais je savais que Will ne les reconnaîtrait pas. Je ne cherchais pas à les mettre à l'épreuve, c'était inutile, mais l'idée de les faire se rencontrer, sans aucune préparation, m'amusait. Il me fallait cependant recourir à une petite ruse et, ayant obtenu de Piers et de Rosario un accord un peu réticent, je les présentai à Will comme étant «mes amis Mr et Mrs Page».

L'espace de quelques instants, je crus qu'il allait tomber dans le panneau. Je l'observai et remarquai que ses mains tremblaient. Alors, ne pouvant se contenir plus longtemps, il éclata :

«C'est Piers et Rosario, je sais que c'est eux !»

Les années n'avaient pu les lui déguiser, pourtant ils m'avouèrent chacun séparément, par la suite, qu'eux-mêmes ne l'auraient pas reconnu si je ne les avais pas prévenus. On ne retrouvait plus rien du petit rouquin qui avait «une peau en moins» dans ce gros monsieur chauve à la figure rougeaude.

Leur arrivait-il souvent de penser à ce qu'avait dit le notaire au sujet de la procédure concernant l'héritage ? Je l'ignore. Pour ma part, quand ce détail me revint pour la seconde fois à l'esprit, je décidai d'en discuter franchement. Une action en justice était impensable ; nous étions déjà trop liés. J'annonçai à Piers que j'allais partager tous mes biens en deux, une moitié pour eux et l'autre pour moi. Stupéfaits, ils refusèrent bien entendu, mais je finis par les convaincre.

What was harder for me to voice was my wish that the property itself should be divided in two, the London house, the Somerset farm, my New York apartment, literally split down the middle. Few people had ever wanted much of my company in the past and I was afraid they would see this as a bribe or as taking advantage of my position of power. But all Rosario said was,

"Not too strictly down the middle, Petra, I hope. It would be nicer to *share*."

All I stipulated was that in my altered will I should leave all I possessed to my godchild and cousin, Aunt Sheila's daughter, and Piers readily agreed, for he intended to leave everything he had to the daughter of his old partner in the hotel business.

So we lived. So we have lived for rather more than a year now. I have never been so happy. Usually it is not easy to make a third with a married couple. Either they are so close that you are made to feel an intruder or else the wife will see you as an ally to side with her against her husband. And when you are young the danger is that you and the husband will grow closer than you should. With Piers and Rosario things were different. I truly believe that each wanted my company as much as they wanted each other's.

Le plus difficile pour moi fut de leur expliquer que je désirais que mon patrimoine immobilier soit, au sens propre, divisé en deux, ma maison de Londres, la propriété du Somerset et mon appartement de New York, littéralement scindés par le milieu. Jusque-là, personne n'avait recherché ma compagnie et je craignais qu'ils ne me soupçonnent de vouloir acheter leur présence ou abuser du pouvoir que me conférerait ma situation. Mais Rosario dit simplement :

« Pas trop rigoureusement par le milieu, Petra, j'espère. Ce serait plus sympathique d'en *profiter ensemble.* »

La seule chose que je stipulais dans mon nouveau testament, c'était que je voulais laisser tout ce que je possédais à ma filleule et cousine, la fille de tante Sheila, ce sur quoi Piers tomba immédiatement d'accord, car de son côté, il avait l'intention de laisser ses biens à la fille de son ancien associé.

Voilà comment nous avons vécu depuis. Il y a plus d'un an que cela dure. Je n'ai jamais été aussi heureuse. En général, il n'est pas facile de partager l'existence d'un couple marié. Soit il est tellement uni qu'on se sent de trop, soit la femme vous considère comme une alliée contre son époux. Quand on est jeune, il y a le risque de se rapprocher du mari plus qu'il ne le faudrait. Avec Piers et Rosario, c'est différent. Je pense sincèrement que chacun d'eux apprécie ma compagnie autant qu'ils se plaisent à être tous les deux ensemble.

In those few months they came to love me and I, who have loved no one since Piers went away, reciprocated. They have shown me that it is possible to grow warm and kind, to learn laughter and pleasure, after a lifetime of coldness. They have unlocked something in me and liberated a lively spirit that must always have been there but which languished for long years, chained in a darkened room.

*

It is two weeks now since the Majorcan police got in touch with me and told me what the archaeologists had found. It would be helpful to them and surely of some satisfaction to myself to go to Majorca and see what identification I could make, not of remains, it was too late for that, but of certain artefacts found in the caves.

We were in Somerset and once more Will was staying with us. I suggested we might all go. All those years I had avoided re-visiting the island but things were different now. Nothing I could see there could cause me pain. While I had Piers and Rosario I was beyond pain, it was as if I was protected inside the warm shell of their affection.

"In that case," Will said, "I don't see the point of going. You know the truth.

En l'espace de ces quelques mois, ils ont appris à m'aimer, et moi, qui n'avais jamais aimé personne depuis la disparition de Piers, je leur rends leur affection. Ils m'ont prouvé qu'il est possible de devenir bon et généreux, de commencer à rire et à s'amuser, après toute une vie de sécheresse. Ils ont déverrouillé quelque chose en moi, et libéré une joie de vivre qui devait se trouver là depuis toujours, mais s'était étiolée à force d'être restée prisonnière pendant de longues années, enchaînée dans une pièce sombre.

*

Voilà deux semaines, la police de Majorque m'a écrit pour m'informer d'une découverte faite par des archéologues. Je leur rendrais service — sans parler de ce que cela m'apporterait personnellement — en venant à Majorque pour tenter d'identifier, non pas des restes, c'était bien trop tard, mais un certain nombre d'objets récupérés dans une grotte.

Nous nous trouvions dans le Somerset et Will était là, une fois de plus. Jusqu'à présent, j'avais refusé de retourner dans l'île, mais désormais la situation était différente. Rien de ce que je pourrais y trouver n'était susceptible de me faire souffrir. Du moment que j'avais Piers et Rosario près de moi, plus rien ne pouvait me causer de la peine, c'était comme si j'étais à l'abri à l'intérieur de la douce coquille de leur affection.

« Dans ce cas, dit Will. À quoi bon y aller ? Tu connais la vérité.

These bits of jewellery, clothes, whatever they are, can't be Piers's and Rosario's because they sold theirs, so why try to identify what in fact you can't identify?"

"I want to see the place again," I said. "I want to see how it's changed. This police thing, that's just an excuse for going there."

"I suppose there will be bones too," he said, "and maybe more than bones even after so long." He has always had a fondness for the macabre. "Did the police tell you how it all got into the caves?"

"Through a kind of pothole from above, they think, a fissure in the cliff top that was covered by a stone."

"How will you feel about going back, Piers?" asked Rosario.

"I shan't know till I get there," he said, "but if Petra goes we go too. Isn't that the way it's always going to be?"

Ces restes de vêtements, de bijoux ou de je ne sais trop quoi ne peuvent avoir appartenu à Piers et à Rosario, puisqu'ils ont vendu les leurs, alors pourquoi essayer d'identifier ce qu'il te sera impossible de reconnaître de toute manière ?

— Je veux revoir ces lieux. Je veux voir s'ils ont vraiment changé. Cette histoire de police, ce n'est qu'un prétexte pour retourner là-bas.

— Je suppose qu'il y aura aussi des ossements, voire peut-être autre chose, même si cela fait si longtemps, remarqua Will qui avait toujours eu le goût du macabre. Est-ce que la police t'a dit comment tout ça a pu être introduit dans la grotte ?

— Par une sorte de trou dans le haut, croit-on, une fente dans le sommet de la falaise, qui était obstruée par une pierre.

— Qu'est-ce que tu ressens à l'idée de retourner là-bas, Piers ? demanda Rosario.

— Je ne pourrai le dire qu'une fois que j'y serai. Mais si Petra y va, nous irons aussi. N'est-ce pas ainsi qu'il en sera toujours désormais ? »

When I woke up this morning it was with no sense of impending doom. I was neither afraid nor hopeful, I was indifferent. This was no more than a chore I must perform for the satisfaction of officials, as a "good citizen". For all that, I found my room confining in spite of the wide-open windows, the balcony and view of the sea, and cancelling my room service order, I went down to breakfast.

To my surprise I found the others already there in the terrace dining room. It was not quite warm enough to sit outside so early. They were all unaware of my approach, were talking with heads bent and close together above the table. I was tempted to come up to them in silence and lay a light loving hand on Rosario's shoulder but somehow I knew that this would make her start. Instead I called out a "good morning" that sounded carefree because it was.

10

Ce matin, quand je me suis réveillée, je n'avais pas la sensation que le destin allait basculer. Je n'éprouvais ni crainte ni espoir, rien que de l'indifférence. J'avais simplement une corvée, un « devoir civique » à accomplir, afin de complaire aux autorités. Malgré tout, j'ai eu l'impression d'étouffer dans ma chambre, en dépit des fenêtres grandes ouvertes, du balcon et de la vue sur la mer, et j'ai annulé le petit déjeuner qu'on devait me monter pour aller le prendre en bas.

J'ai eu la surprise de les trouver tous les trois attablés dans la salle à manger en terrasse. Il était tôt et il ne faisait pas encore assez chaud pour s'installer dehors. Ils ne m'ont pas entendue arriver et je les ai surpris en grand conciliabule. J'ai d'abord été tentée de m'approcher sans bruit et de poser une main légère et tendre sur l'épaule de Rosario, mais je savais que cela la ferait sursauter. Aussi ai-je lancé un « bonjour » qui a paru détendu, pour la bonne raison qu'il l'était effectivement.

Three worried faces were turned to me, although their frowns cleared to be replaced in an instant by determined smiles on the part of my brother and his wife and a wary look on Will's. They were concerned, it appeared, about *me*. The effect on me of what they called the "ordeal" ahead had been the subject of that heads-together discussion. Horrible sights were what they were afraid of, glimpses of the charnel house. One or all of them should go with me. They seemed to believe my life had been sheltered and perhaps it had been, compared to theirs.

"I shan't be going into the caves," I said as I ordered my breakfast. "It will be some impersonal office with everything spread out and labelled, I expect, like in a museum."

"But you'll be alone."

"Not really. I shall know you're only a few miles away, waiting for me."

The table was bare except for their coffee cups. None of them had eaten a thing. My rolls arrived and butter and jam, my fruit and fruit juice. I suddenly felt unusually hungry.

"Let's see," I said, "what shall we do for the rest of the day? We could take the boat to Formentor for lunch or drive to Lluc. This evening, don't forget, we're having dinner at the Parador de Golondro. Have we booked a table?"

Trois visages préoccupés se sont tournés vers moi, mais cette anxiété a aussitôt laissé place à un sourire résolu, de la part de mon frère et de sa femme, et à un air méfiant chez Will. Il paraît qu'ils s'inquiétaient pour *moi*. Le contrecoup de «l'épreuve» — c'était leur mot — qui m'attendait était l'objet de leur discussion. Ils craignaient de me voir confrontée à un horrible spectacle, à une vision de charnier. Il serait préférable que l'un d'eux m'accompagne, ou même qu'ils viennent tous les trois. Ils pensaient, semble-t-il, que j'avais toujours eu une existence protégée, ce qui, comparée à la leur, était sans doute vrai.

«Je ne descendrai pas dans les grottes, leur ai-je dit, en commandant mon petit déjeuner. On va m'emmener dans un bureau impersonnel, où j'imagine que les objets seront exposés avec des étiquettes, comme dans un musée.

— Mais tu seras seule.

— Pas vraiment. Je saurai que vous n'êtes pas loin et que vous m'attendez.»

Sur la table, il n'y avait que leurs tasses à café. Aucun d'entre eux n'avait mangé. Mes petits pains sont arrivés, avec du beurre, de la confiture, des fruits et un jus d'orange. Je me suis brusquement senti une faim de loup.

«Voyons un peu, ai-je dit. Que ferons-nous à mon retour? On pourrait prendre le bateau pour aller déjeuner à Formentor ou partir à Lluc en voiture. Ce soir, n'oubliez pas que nous dînons au Parador de Golondro. Avez-vous réservé une table?

"I'm sorry, Petra, I'm afraid I forgot to do that," Piers said.

"Could you do it while I'm out?" A little fear struck me. I was going to say I don't know why it did, but I do know. "You *will* all be here when I get back, won't you?"

Rosario's voice sounded unlike her. I had never heard bitterness in it before. "Where should we go?"

The car came for me promptly at ten. The driver turned immediately inland and from the road, just before he took the turn for Muralla, I had a sudden bold sight of the *Casita*, glimpsed as it can be between the parting of the hills. It seemed a deeper brighter colour, an ochreish gold, an effect either of new paint or of the sun. But when does the sun not shine? The yellow hills, with their tapestry stitches of grey and dark green, slipped closed again like sliding panels and the house withdrew behind them.

I was right about what awaited me at Muralla, a new office building made of that whitish grainy concrete, which has defaced the Mediterranean and is like nothing so much as blocks of cheap ice-cream. Inside, in what I am sure they call the "atrium", was a forest of plastic greenery. There was even a small collection, in styrofoam amphorae, of plastic strawberry trees.

— Excuse-moi, Petra, j'ai complètement oublié, a dit Piers.

— Pourrais-tu t'en occuper pendant que je serai là-bas?» Une légère crainte m'a saisie. J'allais dire que je ne sais pas pourquoi, mais en fait je le sais bien. « Vous *serez* bien tous là, quand je reviendrai, n'est-ce pas?

— Où irions-nous?» Rosario avait une voix qui ne lui ressemblait pas. Je ne lui avais jamais connu cette aigreur auparavant.

À dix heures, une voiture est venue me chercher. Le chauffeur s'est tout de suite dirigé vers l'intérieur de l'île et, depuis la route, juste avant de bifurquer vers Muralla, j'ai eu une soudaine échappée sur la *Casita*, telle que l'échancrure des collines la laisse entr'apercevoir. Elle m'a paru d'une couleur plus sombre et plus brillante, d'un ocre doré, due soit à une couche de peinture récente, soit au soleil. Mais quand le soleil ne brille-t-il pas, dans ce pays? Les monts jaunes, brodés de points de tapisserie gris et vert foncé, se sont refermés ainsi que des panneaux coulissants, et la maison a disparu derrière.

J'avais vu juste sur ce qui m'attendait à Muralla: un de ces bâtiments administratifs modernes, en béton blanchâtre et granuleux, qui défigurent la Méditerranée et qui ressemblent ni plus ni moins à un bloc de crème glacée industrielle. À l'intérieur, dans ce qu'ils appellent certainement l'«atrium», croissait une forêt de plantes vertes artificielles. Il y avait même, dans des bacs en polystyrène, un petit bosquet d'arbousiers en plastique.

I was led via jungle paths to a room marked *privado* and then and only then, hesitating as two more policemen joined us and a key to the room was produced, did my heart misgive me and a tiny bubble of panic run up to my throat so that I caught my breath.

They were very kind to me. They were big strong macho men enjoyably occupied in doing what nature had made them for, protecting a woman from the uglinesses of life. One of them spoke tolerable English. If I would just look at the things, look at them very carefully, think about what I had seen and then they would take me away and ask me one or two simple questions. There would be nothing unpleasant. The bones found in the cave — he apologised for their very existence. There was no need for me to see them.

"I would like to see them," I said.

"They cannot be identified after so long."

"I would like to see them."

"Just as you wish," he said with a shrug and then the door was opened.

An empty room. A place of drawers and bench tops, like a dissecting room except that all the surfaces were of light polished wood and at the windows hung blinds of pale grey vertical strips.

On me pilota à travers cette jungle jusqu'à une porte marquée *privado*, et c'est là, et là seulement, tandis que deux autres policiers arrivaient et que l'un d'eux sortait une clé de sa poche, que je me suis sentie défaillir et qu'une minuscule bulle de panique m'est montée à la gorge, m'empêchant de respirer.

Ils se sont montrés d'une extrême gentillesse à mon égard. En mâles grands et forts, ils prenaient plaisir à accomplir ce à quoi la nature les avait destinés, c'est-à-dire à protéger les femmes contre les laideurs de l'existence. L'un d'eux parlait un anglais passable. Si je voulais bien me donner la peine d'examiner ces objets, de les examiner soigneusement, de réfléchir à ce que j'avais vu, et ensuite ils m'emmèneraient ailleurs pour me poser une ou deux questions très simples. Il n'y aurait absolument rien de pénible. Quant aux ossements retrouvés dans la grotte — il semblait s'excuser du fait même qu'ils existaient — il était inutile qu'on me les montre.

« J'aimerais les voir, ai-je déclaré.

— Ils ne sont plus identifiables, depuis tout ce temps.

— J'aimerais les voir.

— Comme vous voudrez », a-t-il dit en haussant les épaules, et on a ouvert la porte.

Une pièce vide. Des tiroirs, des plans de travail, comme dans une salle de dissection, sauf que les surfaces étaient toutes en bois clair et que les fenêtres étaient garnies de stores composés de lamelles grises verticales.

Drawers were opened, trays lifted out and placed on the long central table. I approached it slowly, holding one of my hands clasped in the other and feeling my cold fingertips against my cold damp palm.

Spread before me were two pairs of shoes, the woman's dark blue leather with sling backs and wedge heels, the man's what we call trainers now but "plimsolls" then or "gym shoes"; rags, gnawed by vermin, might once have been a pair of flannel trousers, a shirt, a dress with a tiny pearl button still attached to its collar; a gold chain with pendent cross, a gold watch with bracelet and safety chain, a heavier watch with its leather strap rotted, a child's ring for a little finger, two pinhead turquoises on a gold band thin as wire.

I looked at it all. I looked with indifference but a pretence of care for the sake of those onlookers. The collection of bones was too pitiful to be obscene. Surely this was not all? Perhaps a few specimens only had found their way to this room. I put out my hand and lifted up one of the long bones. The man who had brought me there made a movement towards me but was checked by his superior, who stood there watching me intently.

On a ouvert des tiroirs et sorti des présentoirs pour les poser sur la longue table centrale. Je me suis approchée lentement, une main enfouie dans l'autre, sentant le bout glacé de mes doigts contre ma paume moite et froide.

Devant moi, il y avait deux paires de chaussures, celles de la femme en cuir bleu marine, ouvertes derrière et avec des semelles compensées, et celles de l'homme, qu'on appelle aujourd'hui des baskets et qu'on désignait à l'époque du nom de « tennis » ou « chaussures de gymnastique »; des lambeaux de vêtements mangés par la vermine, qui jadis avaient peut-être été un pantalon de flanelle, une chemise, et une robe dont le col avait conservé un bouton de nacre; une chaîne en or avec une croix, une montre en or dont le bracelet était muni d'une fermeture de sûreté, une deuxième montre, plus grosse, avec un bracelet en cuir pourri, une bague de petite fille, composée de deux minuscules turquoises montées sur un anneau d'or, mince comme un fil.

J'ai examiné le tout. J'ai examiné ces objets avec indifférence, mais en feignant de m'y intéresser, parce qu'on m'observait. La collection d'ossements était trop pitoyable pour être obscène. Il y avait forcément autre chose ? Peut-être n'y avait-il ici que quelques spécimens. J'ai avancé la main et pris un des os longs. Le policier qui m'avait amenée a fait un geste vers moi, mais son supérieur, qui me regardait attentivement, l'a arrêté.

I held the bone in both my hands, feeling its dry worn deadness, grey and grainy, its long-lifeless age, and then I put it down gently.

I turned my back on the things and never looked at them again.

"I have never seen any of this before," I said. "It means nothing to me."

"Are you quite sure? Would you like some time to think about it?"

"No, I am quite sure. I remember very well what my brother and my cousin were wearing."

They listened while I described clothes that Piers and Rosario had had. I enumerated items of jewellery. There was a locket I remembered her wearing the first time we met, a picture of her mother in a gold circlet under a seed pearl lid.

"Thank you very much. You have been most helpful."

"At least I have eliminated a possibility." I said, knowing they would not understand.

They drove me back to Llosar. The fruit on the strawberry trees takes a year to ripen. This year's flowers, blooming now, will become the fruit of twelve months' time. And immediately it ripens they pick it for making fruit pies. I had this sudden absurd yearning to see those strawberries in the hotel garden again, to see them before the bushes were stripped.

J'ai gardé l'os dans mes deux mains, pour en sentir l'usure sèche et morte, grise et granuleuse, privée de vie depuis si longtemps, puis je l'ai reposé délicatement.

Ensuite je me suis détournée de ces objets et ne les ai plus jamais regardés.

«Je ne reconnais aucun de ces objets. Ils ne me rappellent absolument rien.

— Vous en êtes sûre? Vous ne voulez pas prendre le temps de réfléchir un peu?

— Non, j'en suis absolument sûre. Je me souviens très bien comment étaient habillés mon frère et ma cousine.»

Ils m'ont écouté leur décrire les vêtements que Piers et Rosario portaient. J'ai énuméré les bijoux qu'ils avaient sur eux. Le médaillon qui pendait au cou de Rosario, la première fois que je l'avais vue, avec la photo de sa mère sertie dans un ruban d'or, sous un couvercle en semence de perles.

«Merci beaucoup. Votre aide nous a été très précieuse.

— En tout cas, j'ai éliminé une possibilité», ai-je dit, sachant qu'ils ne pouvaient pas comprendre.

On m'a ramenée à Llosar. Le fruit de l'arbousier met un an à mûrir. Les fleurs de l'année en cours, qui sont actuellement en pleine floraison, deviendront des fruits dans douze mois. Dès qu'ils sont à point, on les cueille pour faire des tartes. Soudain, j'ai été prise d'une envie absurde de revoir les arbousiers du jardin, de les voir avant qu'on les ait dépouillés.

I opened the car door myself, got out and walked up to the hotel without looking back. But instead of going up the steps, I turned aside into the shady garden, the pretty garden of geometric paths and small square pools with yellow fish, the cypresses and junipers gathered in groups as if they had met and stopped to gossip. To the left of me, up in the sun, rose the terrace and beyond it was the swimming pool, but down here grew the arbutus, its white blossom gleaming and its red fruits alight, as shiny as decorations on some northern Christmas tree.

Piers and Rosario were up on the terrace. I am not sure how I knew this for I was not aware of having looked. I felt their anguished eyes on me, their dread communicated itself to me on the warm, still, expectant air. I knew everything about them, I knew how they felt now. They saw me and read into my action in coming here, in coming immediately to this garden, anger and misery and knowledge of betrayal. Of course I understood I must put an end to their anguish at once, I must go to them and leave adoration of these sweet-scented snowy flowers and strawberry fruits until another day.

But first I picked one of the fruits and put it in my mouth. Iris Harvey had been wrong. It was not tasteless, it tasted like some fresh crisp vegetable, sharp and strange.

J'ai ouvert moi-même la portière de la voiture et suis partie vers l'hôtel sans jeter un regard derrière moi. Mais au lieu de passer par l'escalier, je suis entrée dans le jardin ombragé, le joli jardin, avec ses allées géométriques, ses petits bassins carrés peuplés de poissons jaunes, ses cyprès et ses genévriers rassemblés en groupes, comme s'ils s'étaient réunis pour bavarder. En haut, à gauche, la terrasse émergeait dans le soleil et, un peu plus loin, il y avait la piscine, mais ici, en bas, l'arbousier déployait ses fleurs blanches chatoyantes et ses fruits embrasés, étincelants comme les décorations d'un arbre de Noël septentrional.

Piers et Rosario étaient sur la terrasse. Je me demande comment je l'ai su, car je ne me souviens pas d'avoir regardé de ce côté. Je sentais sur moi leurs yeux angoissés, et ils me transmettaient leur inquiétude à travers l'air chaud, immobile, lourd d'attente. Je les connaissais à fond, je savais ce qu'ils ressentaient en cet instant. Ils m'ont vue et ont cru lire dans ma présence en ce lieu, dans le fait que j'étais allée directement dans le jardin, la colère, le chagrin et la certitude d'une trahison. Il fallait bien entendu que je mette immédiatement fin à leur angoisse, que j'aille vers eux et reporte à plus tard la contemplation des fruits écarlates et des fleurs neigeuses au doux parfum suave.

J'ai pourtant d'abord cueilli une arbouse et l'ai portée à ma bouche. Iris Harvey s'était trompée. Ce n'est pas un fruit insipide, il a un goût de légume, frais et croustillant, une curieuse acidité.

It was different, different from any other fruit I had tasted, but not unpleasant. I thought it had the kind of flavour that would grow on me. I walked up the steps to the terrace. Will was nowhere to be seen. With the courage I knew they had, their unconquered brave hearts, they were waiting for me. Decorously, even formally, dressed for that place where the other guests were in swimming costumes, they were nevertheless naked to me, their eyes full of the tragedy of long wretched misspent lives. They were holding hands.

"Petra," Piers said. Just my name.

To have kept them longer in suspense would have been the cruellest act of my life. In the time they had been with me I had learned to speak like a human being, like someone who understands love and knows warmth.

"My dears," I said. "How sad you look. There's nothing wrong, is there? I've had such a stupid morning. It was a waste of time going over there. They had nothing to show me but a bundle of rags I've never seen before and some rubbishy jewellery. I don't know what they expected — that all that was something to do with you two?"

They remained there, quite still. I know about the effects of shock. But slowly the joined hands slackened and Rosario withdrew hers. I went up to each of them and kissed them gently. I sat down on the third chair at the table and smiled at them. Then I began to laugh.

Un goût différent, différent de celui de tous les fruits que je connais, mais pas désagréable. Je me suis dit que j'arriverais sûrement à m'y habituer. Je suis montée sur la terrasse. Will était hors de vue. Avec le courage que je leur connaissais, cette bravoure dans leurs cœurs, ils m'attendaient. Vêtus avec recherche, presque trop habillés dans cet hôtel où tout le monde se promène en maillot de bain, ils ne m'en semblaient pas moins nus, et leurs yeux reflétaient la tragédie d'une longue existence de misère. Ils se tenaient par la main.

«Petra», a dit Piers. Mon nom. Rien d'autre.

Si je les avais laissés plus longtemps dans l'incertitude, j'aurais certainement commis l'acte le plus cruel de ma vie. Durant le temps que nous avions passé ensemble, j'avais appris à me comporter comme un être humain, un être chaleureux pour qui l'amour signifie quelque chose.

«Mes amis, comme vous avez l'air triste. Tout va bien, j'espère. J'ai passé une matinée idiote. J'ai perdu mon temps en allant là-bas. Je n'ai vu qu'un ramassis de loques que je n'ai absolument pas reconnues et quelques bijoux de pacotille. Je me demande ce qu'ils imaginaient… peut-être que ça avait un rapport avec vous deux?»

Ils étaient là, immobiles et silencieux. Je sais les effets que peut produire un choc. Mais peu à peu, leurs doigts entremêlés se sont desserrés et Rosario a retiré sa main. Je me suis avancée vers chacun d'eux pour les embrasser tendrement. Je me suis assise à leur table en leur souriant. Puis j'ai ri.

"I'm sorry," I said. "I'm only laughing because I'm happy. Children laugh from happiness, so why not us?"

"Why not?" said Piers as if it was a new thought, as if a new world opened before him. "Why not?"

I was remembering how long long ago I had heard my brother ask that same rhetorical question, give that odd form of assent, when Will proposed going into the *Casita* and Rosario had demurred. For a moment I saw us all as we had been, Will in his grass hat, long-legged Rosario with her polished hair, my brother eager with love. I sighed and turned the sigh to a smile.

"Now that's behind me," I said, "we can stay on here and have a holiday. Shall we do that?"

"Why not?" said Piers again, and this time the repetition of those words struck Rosario and me as inordinately funny and we both began to laugh as at some exquisite joke, some example of marvellous wit.

It was thus, convulsed with laughter, that we were found by Will when, having no doubt been watching from some window up above for signs of good or ill, judged the time right and safe to come out and join us.

"Did you book that table at Golondro?" I said, hoarse with laughter, weak with it.

« Excusez-moi. Je ris parce que je suis heureuse. Les enfants rient bien de bonheur, alors pourquoi pas nous ?

— Pourquoi pas ? a dit Piers, comme s'il n'y avait jamais pensé et qu'un monde nouveau s'ouvrait devant lui. Pourquoi pas ? »

Cela m'a rappelé comment longtemps, longtemps avant, mon frère avait posé cette même question de pure forme, comment, par cette étrange formule, il avait acquiescé à la proposition de Will d'aller visiter la *Casita*, et comment Rosario avait paru contrariée. Un instant, je nous ai revus tous les quatre, tels que nous étions alors, Will et son chapeau de raphia, Rosario avec ses longues jambes et ses cheveux brillants, mon frère, débordant d'amour. J'ai poussé un soupir, qui s'est vite mué en sourire.

« Ça y est, je suis débarrassée. On pourrait rester et passer des vacances ici. Qu'en pensez-vous ?

— Pourquoi pas ? » a encore dit Piers et, cette fois, la répétition de ces deux mots nous a paru si comique que nous avons éclaté de rire, Rosario et moi, comme s'il avait lancé une boutade désopilante, un fabuleux mot d'esprit.

C'est ainsi, pliés en deux de rire, que Will nous a trouvés. Je suis sûre qu'auparavant, derrière une des fenêtres, il avait guetté des signes de bon ou de mauvais augure, avant de juger qu'il pouvait venir nous rejoindre sans risque.

« Est-ce que tu as retenu une table à Golondro ? » lui ai-je demandé, la voix enrouée et assourdie d'avoir tant ri.

Will shook his head. I knew he would not have, that none of them would have. "I'll do it this minute," he said.

"Don't be long," I called after him. "We're going to celebrate. I'm going to order a bottle of champagne."

"What are we celebrating, Petra?" said Rosario.

"Oh, just that we're here together again," I said.

They smiled at me for I was bestowing on them, on both of them, the tender look I had never given to any lover. And the feeling which inspired it was better than a lover's glance, being without self-deception, without illusion. Of course I had never been deceived. I had known, if not quite from the first, from the third day of their appearance, that they were not my brother and his wife. For one thing, a man is not operated on twice in his life for appendicitis. But even without that I would have known. My blood told me and my bones, my thirteen years with a brother I was closer to than to parent or any friend. I knew — always — they were a pair of imposters Will had found and instructed. I knew, almost from the beginning, it was a trick played on me for their gain and Will's.

But there is another way of looking at it. I have bought them and they are mine now. They have to stay, they have nowhere else to go.

Il a secoué la tête. Je savais bien que ni lui ni personne n'avait fait de réservation. «Je vais m'en occuper tout de suite, a-t-il déclaré.

— Dépêche-toi, ai-je lancé alors qu'il s'éloignait. Nous allons fêter ça. Je vais commander une bouteille de champagne.

— On va fêter quoi, Petra? a demandé Rosario.

— Oh, simplement le fait que nous sommes de nouveau ici, tous ensemble.»

Ils m'ont souri, car je les avais gratifiés tous les deux d'un regard de tendresse tel que je n'en ai jamais eu pour un amant. D'ailleurs, le sentiment qui l'inspirait était bien plus fort que l'amour, puisqu'il ne reposait ni sur l'aveuglement ni sur une illusion. Je n'avais jamais été dupe, bien entendu. J'avais su, sinon dès le premier jour de leur arrivée, en tout cas dès le troisième, que ce n'étaient pas mon frère et sa femme. Pour la simple raison qu'on ne peut pas être opéré deux fois de l'appendicite. Mais, même sans cela, j'aurais deviné. Mon sang, ma chair me le disaient, et ces treize années vécues auprès d'un frère qui m'était plus proche que n'importe quel parent ou ami. J'ai toujours su que c'étaient des imposteurs dénichés par Will, qui leur avait ensuite fait la leçon. J'ai su, presque dès le début, qu'il s'agissait d'une mystification qu'ils avaient montée tous les trois dans un but totalement intéressé.

Mais on peut aussi voir les choses autrement. Je les ai achetés et, maintenant, ils m'appartiennent. Ils sont contraints de rester avec moi, ils ne peuvent aller nulle part ailleurs.

Isn't that what Piers meant when he said being together was the way it always would be? They are my close companions. We have nothing more to gain from each other, we have made our wills, and the death of one of us will not profit the others.

They have made me happier than I have ever been. I know what people are. I have observed them. I have proved the truth of the recluse's motto, that the onlooker sees most of the game. And I know that Piers and Rosario love me now as I love them, and dislike Will as I dislike him. No doubt they have recompensed him, I don't want to know how, and I foresee a gradual loosening of whatever bond it is that links him to us. It began when I sent him back into the hotel to make that phone call, when Rosario's eyes met mine and Piers pursed his lips in a little *moue* of doubt.

Am I to end all this with a confrontation, an accusation, casting them out of my life? Am I to retreat — and this time, at my age, finally, for good — into that loneliness that would be even less acceptable than before because now I have seen what else is possible?

I have held my dear brother's bone in my hands. I have seen his clothes that time and decay have turned to rags and touched the ruin of a shoe that once encased his strong slender foot. Now I shall begin the process of forgetting him.

N'est-ce pas ce qu'avait voulu dire Piers en remarquant que désormais nous ne nous quitterions plus jamais? Ils sont devenus mes proches. Nous n'avons plus rien à tirer les uns des autres, nous avons fait nos testaments et si l'un d'entre nous meurt, aucun des survivants n'en profitera.

Ils m'ont apporté plus de bonheur que je n'en avais jamais eu. Je connais les gens. Je les ai observés. Je sais par expérience que la devise du solitaire est vraie, que c'est en restant spectateur qu'on a la meilleure vision de la partie qui se joue. Je sais que Piers et Rosario m'aiment maintenant autant que je les aime et que Will leur déplaît autant qu'à moi. Ils ont dû lui donner sa part, bien entendu. Combien? Je ne veux pas le savoir et je prévois que le lien qui les unit va se relâcher progressivement. Le processus a commencé quand je l'ai envoyé téléphoner pour réserver une table, que les yeux de Rosario ont rencontré les miens et que la bouche de mon frère s'est pincée dans une petite *moue* dubitative

Devrais-je renoncer à tout ça, en leur faisant une scène, en les accusant de m'avoir trompée et en les chassant de ma vie? Devrais-je — définitivement cette fois, vu mon âge — me replier dans une solitude d'autant plus difficile à supporter que je connais désormais autre chose?

J'ai tenu dans mes mains un os de mon frère bien-aimé. J'ai vu ses vêtements que le temps et la putréfaction ont transformés en lambeaux, et j'ai touché les restes d'une chaussure qui enfermait jadis son pied mince et vigoureux. Maintenant va commencer le travail de l'oubli.

I have a new brother and sister to be happy with for the rest of my life.

Will has come back, looking sheepish, not understanding at all what has happened, to tell us we are dining at the Parador de Golondro, the little house of desire, at nine tonight. This is the cue, of course, for some characteristic British complaining about the late hour at which the Spanish dine. Only Rosario has nothing to say, but then she is Spanish herself — or is she?

I resolve never to try to discover this, never to tease, to lay traps, attempt a catching-out. After all, I have no wish to understand the details of the conspiracy. And when the time comes I will neither listen to nor make deathbed confessions.

For I saw in their eyes just now, as I came to their table to reassure them, that they are no more deceived in me than I am in them. They know that I know and that we all, in our mutual love, can accept.

J'ai un nouveau frère et une nouvelle sœur, avec qui je vivrai heureuse jusqu'à la fin de mes jours.

Will est revenu, l'air penaud, perplexe devant ce qui vient de se passer, en nous annonçant que nous dînons au Parador de Golondro, la petite maison du désir, ce soir à neuf heures. C'est évidemment l'occasion, pour les Anglais que nous sommes, de se plaindre de l'heure tardive à laquelle mangent les Espagnols. Seule Rosario n'a rien dit, bien sûr, puisqu'elle est espagnole… mais l'est-elle vraiment ?

J'ai décidé de ne jamais chercher à le savoir, de ne pas les tourmenter, de ne pas leur tendre des pièges dans l'espoir de les coincer. Je n'ai nulle envie de connaître les détails du complot. Et quand l'heure viendra, je refuserai d'entendre les aveux ultimes, pas plus que je n'en ferai moi-même.

Car j'ai lu dans leurs regards, au moment où je rejoignais leur table pour les rassurer, qu'ils n'étaient pas plus dupes que moi. Ils savent que je sais et que, grâce à l'amour qui nous lie, nous sommes capables d'accepter.

DANS LA MÊME COLLECTION

ANGLAIS

Composition Interligne.
Impression Bussière Camedan Imprimeries
à Saint-Amand (Cher), le 5 mai 1999.
Dépôt légal : mai 1999.
Numéro d'imprimeur : 992149/1.
ISBN 2-07-040769-1./Imprimé en France.